일본이 노래한 식민지 풍경

여행하며 노래하며

일본이 노래한 식민지 풍경

여행하며 노래하며

오노에 사이슈 저
김계자 역

역락

식민지 풍경과 '단카(短歌)'라는 문학형식

본서 『여행하며 노래하며(行きつゝ歌ひつゝ)』(雄山閣, 1930)는 근대 일본의 가인(歌人)이며 문학자인 오노에 사이슈의 '선만(鮮滿)' 기행 가집이다. '여행하며 노래하며'라는 제명이 듣기에는 여기저기 여행하면서 낭만적으로 노래를 읊고 있는 이미지를 연상시킬 수 있으나, 저자 본인은 어땠을지언정 오늘날 우리가 읽기에는 결코 낭만적으로 읽을 수만은 없다. 왜냐하면 일제강점기에 일본의 한 문인이 식민지 조선과 만주 일대를 기행하며 풍경을 서술하고 서정을 단카로 읊은 내용이기 때문에, 여기에는 식민자로서의 제국주의적인 시선이 들어 있음은 물론이고 따라서 읽기 불편한 것은 당연하다. 그런데 이러한 불편함은 일제강점기라는 질곡의 한국근대사에 연유하는 시대성 때문만은 아니다. 일본의 전통시가양식인 '단카'를 통해 표현된 식민지의 풍경이라는 것이 어떻게 현현되고 있는가 하는 데에 문제의 소지가 있다고 할 수 있다.

문학 텍스트의 표현 형식은 시나 소설과 같은 장르상의 문제뿐만 아니라, 어느 한 장르의 형식 안에서도 어떠한 구성이나 방법을 취하고 있느냐에 따라 표현되는 내용은 얼마든지 달라진다. 또 내용의 모순을 작자의 의도와 관계없이 형식이 폭로하기도 한다. 일견 화자의 내면을 그대로 보여주는 듯한 일기 형식으로 적은 내용이라 할지라도 연기(演技)하고 가장(假裝)하는 내레이션 기법은 얼마든지 가능하고, 오히려 목적성을 띨 경우 효율적으로 기능하기도 한다.

전후 일본문학에서 사소설(私小說)의 대가로 알려진 다자이 오사무(太宰治)가 연약함을 연기한 내레이션을 즐겨 쓴 예나, 오오카 쇼헤이(大岡昇平)의 전후소설에 보이듯이 '광인(狂人)'의 내레이션을 통해 전쟁을 이야기해 블랙홀로 만들지만 그렇기 때문에 오히려 모든 것을 흡입해버리는 비판의 온상이 되어버리는 역설. 요코미쓰 리이치(横光利一)의 텍스트와 같이 패전의 아픔을 이야기하는 내용과는 다르게 일기에 새겨진 시간이 전시 중을 이어가고 있는 혹은 전시 중으로 전도시키려는 작자의 의도를 텍스트의 형식이 노정하는 예는 많다. 산문인 소설이 이럴진대 상징적이고 응축적인 이미지로 구성되는 시는 어떠하겠는가. 세상만사가 정치적인 것으로부터 자유로울 수 없을 테지만, 특히 문학 언어는 복합적이고 다층적인 공간을 만들어내기 때문에 복안(複眼)이 필요하다.

사실 문학작품 하나도 마음 놓고 읽을 수 없대서야 한국인의 "근대사 콤플렉스"1) 아닌가 싶기도 하다. 그러나 한일 간의 힘든

---

1) 유홍준, 『나의 문화유산답사기 일본편1 규슈-빛은 한반도로부터-』, 창비, 2013, p.5. 유홍준은 한일 양국의 역사서가 각각 편협된 역사인식을 보여주고 있는 것은 "일본인들은 고대사 콤플렉스 때문에 역사를 왜곡하고, 한국인은 근대사 콤

시기를 살아낸 분들이 당사자로서 우리와 동시대를 살고 있기에 신중함은 인간에게 덜 잔인하기 위한 최소한의 예의인 것 같다. 서론이 길어졌는데, 본서의 '기행가집'이라는 형식이 한국 사람에게는 조금 낯선 일본적인 것이기에 이에 대해 잠시 생각해보고 본문을 읽어주기 바라는 마음에서이다.

먼저 저자에 대해서 간단히 소개하겠다. 본서의 저자는 오노에 사이슈(尾上柴舟, 1876~1957)로 본명은 오노에 하치로(尾上八郎)이다. 일본의 오카야마(岡山) 현에서 태어나 도쿄대학 국문과를 졸업했다. 학생 시절부터 오치아이 나오부미(落合直文)가 주재한 단카 결사 아사카샤(あさ香社)에 참가해 묘조(明星) 파의 낭만주의에 반대하며 서경시(敍景詩) 운동을 펼쳤다. 1905년에는 자신이 중심이 되어 샤젠소샤(車前草社)라는 단카 결사를 주재했다. 또, 스스로 가인임에도 불구하고 단카를 부정하는 「단카멸망사론(短歌滅亡私論)」(『創作』 1910. 10)을 발표해 주위를 놀라게 했다. 이는 『만요슈(万葉集)』이래 이어지고 있는 일본의 전통적인 음수율 7·5조와 아어(雅語)의 단형(短形)으로는 근대의 발상을 표현하는 데 한계가 있다는 문제제기이다. 이어 1914년에는 자유로운 정신의 흐름을 중시한 단카 잡지 『미즈가메(水甕)』 창간에 중심 역할을 하는 등, 일본의 전형적인 단카 형식과는 다른 근대적인 변화를 주장한 사람이라고 할 수 있다.[2]

이와 같이 오노에 사이슈는 5·7·5·7·7이라는 단카의 전통

플렉스 때문에 일본문화를 무시"하기 때문이라고 적고 있다.
2) 오노에 사이슈의 약력은 『明治文學全集63』(筑摩書房, 1967) 참조.

적인 정형의 음수율이나 문체를 부정하고 동시대적인 현실을 담아낼 수 있는 형식의 변화를 주장했는데, 이로부터 약 20년의 시간이 지난 후에 나온 본서에서는 음수율도 비교적 잘 지키고 있고 문체도 그다지 구어적이지 않다. 화조풍월(花鳥風月)의 서정을 읊는 내용적인 부분도 크게 달라지지 않았다. 전체적으로 기행문의 체재를 취하고 있는 점이 흥미로우나, 작중 인물의 심경을 단카로 읊고 전후(前後)의 과정이나 배경을 산문으로 서술하는 형식은 일본의 고전부터 전해지고 있기 때문에 딱히 색다를 것은 없다. 달라졌다고 한다면 식민지의 풍경을 대상으로 하고 있다는 점일 것이다.

일본의 1930년대는 '근대'가 '서구'의 개념과 동일시되면서 서구에 대한 반대급부로 소위 일본의 국민문학으로서의 정체성을 모색한 시기였다. 본서가 나온 것이 1930년이므로 서구를 모방하기에 급급했던 모더니즘 시기가 끝나고 쇼와(昭和)의 전쟁을 준비하는 시기로 이어진다. 근대국민국가의 성립에 필요했던 공동체의 정서가 제국주의로 치닫는 시대적 분위기 속에 일본 밖으로 뻗어 나가는 시기이다.

물론 그 이전부터 이른바 대만이나 조선, 만주 등의 '외지(外地)'에 거주한 일본인은 단카 외에도 하이쿠(俳句)나 센류(川柳) 같은 전통 운문 장르로 결사를 만들고 집단 활동을 해왔다. 그러나 이들이 주로 거주자의 시선이라면, 1920년대 후반 이후 여행자의 시선이 급증하는 사실은 주의할 필요가 있다. 특히 한반도(당시, 조선반도)의 함경선이 완성되는 1920년대 중반 이후 조선의 북쪽에 대한 자원 수탈이 강화되고, 1930년대 이후 만주 침략과 중국 대륙 진출의 교두보로 '북선(北鮮)'³⁾ 개척사업이 본격화되면서, 일본 열도와 한반도, 만주로 이어지는 기행문이 늘어난다. '국경' 담론도 이 시기에 빈출한다. 그야말로 확장되는 제국의 이미지가 그려지는 시기인 것이다.⁴⁾

이러한 시대적 분위기를 본서에서도 엿볼 수 있다. 시모노세키(下關)에서 연락선을 타고 부산에 도착해 북쪽으로 이동하며 식민지 조선을 훑어보고 만주로 건너갔다가 압록강 접경지대의 국경을 넘어 되돌아와 다시 시모노세키를 통해 일본으로 돌아가는 '선만(鮮滿)'의 여정이 곳곳의 사진과 함께 그려지고 있다. 자연히 '지방색(local color)'도 그려지고, 일본의 경치와 비교하며 이국정조(exoticism)도 표현된다. 경승을 탐하는 시선으로 시적인 문장을 쏟아내고 있는 곳도 있다. 특히 금강산 풍경을 서술하고 있는 부분은 문장이 좋다.

그러나 한편으로 일본 문학자의 식민지 상상력의 한계를 보여주는 측면도 부정할 수 없다. 벽제관에 들렀을 때 임진왜란 때의 정황을 갑자기 서사로 풀어내는가 하면, 조선 비하 발언도 속출한다. 또 만주로 건너가서는 러일전쟁 장면을 상상하고 노기장군을 떠올린다. 그러면서 러시아인의 용모가 추하고 열등하다는 등의 비하도 잊지 않는다. 그중에서도 가장 문제적인 것은 바로 '단카'를 읊

---

3) '북선'은 일제강점기에 강원도 북쪽이나 함경도를 일컫는 칭호였다. 현재는 차별어로 사용하지 않는다.
4) 김계자, 「일제의 '북선(北鮮)' 기행」, 『근대 일본문단과 식민지 조선』, 역락, 2015, pp.82-90.

고 있는 장면이다.

　작자의 식민지 기행에는 자신의 부인과 제자인 호소이 교타이(細井魚袋)가 늘 함께 하고 있다. 그리고 이동하는 도처에서 길 안내를 해주는 여러 일본인들을 만난다. 일본인끼리 만나서 여행하고 이야기하는 장면이 대부분이다. 물론 조선인이나 러시아인도 중간에 등장하지만 자신들의 이동을 도와주는 사람이거나 걸인(乞人) 같은 비대칭의 구조이며, 따라서 대화다운 대화는 거의 이루어지지 않는다. 금강산 기행에 안내를 해준 조선인과는 여러 이야기를 일본어로 서로 나누지만, 그의 일본어 발음이 정확하지 않아 일어난 에피소드를 소개하고 있는 정도이다.

　여기에 눈앞의 식민지 풍경이 단형시가의 단카로 표현된다. 경주나 경성의 궁궐, 그리고 금강산 등을 돌아보며 조선의 문화와 경치의 아름다움을 감탄하지만, 눈앞의 대상과 자신의 내면 사이의 단조로운 왕복운동이 그려지고 있다. 제국과 식민지가 혼종된 공간에 이미 노출되어 있으면서도 단성적(單聲的)인 공간이 시종 펼쳐지고 있는 것이다. 31글자의 정형화된 공간에 식민지의 풍경을 연신 담아내지만, 균질화된 '일본'에 인식으로서의 식민지 사유는 일어나지 않는다. 마치 일본인끼리 노트르담 대성당에 가서 하이쿠를 읊고 돌아가는 듯한 모습이다. 좀 더 철학적인 의미가 있을지 모르나, 작자가 일본으로 돌아가는 배 안에서 읊은 '스스로 바뀐 느낌도 들지 않고 지나간 날도 돌아가는 지금도 하나임을 알았네'라는 단카 한 수가 그냥 지나쳐지지 않는다.

시인 오노 도자부로(小野十三郎)는 '노예의 운율(奴隷の韻律)'이라고 하면서 단카적 서정을 강하게 부정했다. 또 프롤레타리아 문학자 나카노 시게하루(中野重治)는 '너는 노래하지 말아라(おまえは歌うな)' (「歌」)와 『노래와의 결별(歌のわかれ)』 등에서 보이듯이 단카를 부정함으로써 자신의 연약하고 감상적인 모습을 떨쳐버리려는 의지를 표현했다. 재일코리언 시인 김시종도 내면화된 단카적 서정을 부정하며 '일본어에 대한 복수'로 시를 쓰기 시작했다. 단카적 서정의 문제는 영탄조의 나약한 내면에 침잠하는 것도 문제이지만, 동시에 사회 현실의 이질성을 외면하고 고립되어 가는 데에 문제의 심각성이 있다고 할 수 있다.

식민지 풍경에 대한 비판은 있고 비평성이 부재한 그들만의 노래로 끝나지 않기 위해서 식민지를 향한 일본인의 시선을 또 다른 층위에서 대상화할 수 있는 관점이 필요하다. 본서를 번역해 내놓는 취지도 여기에 있다. 일본의 고유 정신을 내면화하는 고전적 국민시가로서의 단카가 결코 균질적일 수 없는 근대 공간에서 어떠한 장치로 기능하고 있는가. 혹은 못하고 있는가. 차근히 따져볼 문제이다. 제국과 식민지의 공간성은 내용 못지않게 표현이나 형식에 대한 분석이 기초가 된 위에서 정위(正位)될 수 있을 것이다.

2016년 3월
김계자

[사진 1] 장안사(長安寺)

출발까지

둘이서 함께 처음으로 건너는 바다이기에 아내를 위해서
도 파도여 고요하길
二人して初めて渡る海なれば妻のためにも波よ静まれ

조선해협은 넓지 않다.

"시모노세키(下関)를 출발해 한숨 자고 일어나면 곧 부산의 산
이 보일 겁니다."

조선 사정을 잘 아는 호소이 교타이(細井魚袋)[1] 군이 말했다. 정
말 그럴 것이다. 그러나 배가 익숙하지 않은 내게는 의구심이 일
었다. 시나가와(品川) 만에서 멀미한 적도 있다. 하물며 사방이 창
망(滄茫)해 육지가 보이지 않는 곳으로 나가면 어떨까. 아내는 나
보다 건강해 보이는데, 그때가 되면 어떨지 모르겠다.

교타이 군은 나를 위해 일정을 맞춰주고, 인쇄해주고, 여기저

---

1) 호소이 교타이(細井魚袋, 1889-1962) : 일본의 다이쇼(大正), 쇼와(昭和) 시대의 가인
(歌人). 본서의 저자인 오노에 사이슈에게 사사했다. 1923년에 경성에서 잡지 『진
인(眞人)』을 창간했으며, 가집에 『빛 바래가는 생활(褪せゆく生活)』, 『추엽집(椎葉
集)』, 『오십 년(五十年)』 등이 있다.

기 알아봐주고, 안내기나 지도 등 여행 필수품을 준비해줬다. 다 망한 가운데 만반의 준비를 빠짐없이 해주었다. 뿐만 아니라, 우리와 동행하겠다는 결심까지 해주었다.

"경성만 다녀올까?"

"우선 국경까지 가볼까요?"

"다시 나서는 것은 번거로우니 마음먹고 가볼까?"

이런 문답을 거의 매일 아내와 나누었다. 이런 일이 귀찮기는 했지만 또한 즐겁기도 했다.

"이런 답장이 왔습니다."

"이런 일을 부탁해놓고 왔습니다."

교타이 군이 찾아와서는 곳곳의 보고를 해줬다.

새로운 지도를 책상 위에 펼쳤다. 조선사를 읽었다. 명소 안내를 봤다. 편지를 썼다. 여행사에 갔다. 그곳의 야마나카(山中) 군에게 신세를 졌다. 만선(滿鮮) 안내소나 만철2) 본사 등에도 갔다. 바쁘지만 그러나 즐거운 날이 계속 지나갔다.

부산에서 마산, 바로 되돌아와 다롄(大連), 옆으로 빠져 경주, 처음으로 돌아가 경성, 이곳을 본거지로 해서 인천에도 간다. 나아가 금강산을 탐방하고 원산으로 나온다. 처음 장소로 되돌아가 신의주로 나간다. 압록강을 건너 모처럼 가는 것이니 안둥(安東) 현에서 지나(支那)3)의 일부를 보고 오려는 계획을 세웠다.

---

2) 남만주철도주식회사의 줄임말.
3) 중국을 가리키는 차별어로 지금은 쓰이지 않으나 당시의 분위기를 그대로 전달

같은 일을 반복하며 아내와 둘이서 지냈다. 단조롭기는 하지만 평온한 즐거움이 있다. 이것도 나쁘지는 않다. 그러나 역시 조금의 변화는 없을까? 생각해보니 작년과 마찬가지이다. 어제와 변함없는 날이다. 같지 않다고 생각하고 싶다. 보통과 다른 생각을 해보고 싶다.

비춰 오거라 모르는 산천이여 익숙해져서 이제 놀라는 것을 잊어버린 눈가에
映り来よ知らぬ山川馴れ馴れておどろく事を忘れたる眼に

놀라는 일이 거듭되면 거기에 달라진 자신이 만들어져 있지 않을까. 그렇다면 조금이라도 더 가보는 것이 어떨까. 두 번 다시 못 가는 것은 아니지만, 처음이기도 하고 그렇게 시간이 걸리지도 않을 것이다. 좀 더 가보자. 그러면 안둥에서 펑톈(奉天), 발길을 돌려 뤼순(旅順), 바로 돌아가 다시 펑톈, 그리고 더 가볼 것이다. 즉, 창춘(長春), 상황이 괜찮으면 푸순(撫順), 그리고도 괜찮으면 지린(吉林), 나아가 하얼빈, 그리고 돌아오는 것은 다시 펑톈, 안둥, 조선을 다시 구경하며 부산 동래온천에서 긴 여행의 먼지를 씻어내자.

하기 위해 원문 그대로 번역함. 이하 동일.

생기 넘치게 우리 나가 보련다 새로우면서 강한 자극을
받아 마음 초조해지며
生き生きとわれらは行かむ新しく強き刺激にいらだちつゝも

비가 매일 내리고 있다. 그러나 저쪽은 그렇지도 않을 것이다.
"상당히 덥겠죠?"
"흙먼지가 상당하겠지."

그쪽 지방도 이제 비가 그치고 나 기다리며 노란 흙먼지
구름 일어나고 있을까
かの国も今雨上りわれ待ちて黄なる埃の雲や立つらむ

늙은 이내 몸 새롭게 돌이키려 모르는 나라 먼지와 열기
속을 나아가보려 하네
古りし身を新に還し知らぬ国埃と熱との中を行かまし

늙은 내가 다시 태어난 것처럼 되고 싶다. 그러나 결과는 어
떨지.
모든 것이 결정되었다. 희망으로 가득 찬 날들이 계속되었다.
꿈에 보이는 것은 고량(高粱)4)이고 고탑이다. 황와(黃瓦)이고 비첨
(飛檐)5)이다. 탁해진 큰 강이다. 이어진 민둥산 봉우리이다.

---

4) 수수의 하나로 주로 중국 만주에서 재배되는 식물.
5) 기와집 처마의 네 귀가 높이 들린 처마.

멀리 있으며 도쿄를 그리워할 날이 있을까 지금 생각해
봐도 그렇지 않을 듯해
遠くゐてこの東京をしのぶ日のあらむといまだ思はれなくに

돌아다니다 보면 가을이 오겠지. 고량 밭에 이삭 물결이 출렁
이고, 모래먼지를 피어 올리는 바람이 잠잠해져 고도(古都) 위에
달이 뜨고, 큰 강 물결에 안개가 피어 넓은 들판의 풀에 이슬이
반짝이게 될 것이다. 그런 가운데를 우리는 지나가게 될 것이다.

무슨 연유로 멀리 떠나왔는지 후회하는 날 있지 않을까
가을 접어드는 시기에
何故に遠く来つると悔ゆる日の出で来もやせむ秋に入りなば

언제 가을의 상념이 일어날지 모른다. 그러나 지금은 아무것
도 생각할 수 없다. 또 생각하고 싶지도 않다.
비가 계속 내린다. 어두컴컴한 가운데 해가 뜨고 저물어 간다.
"이 빗속에서도 출발하실 거예요?"
"물론 출발합니다."
씩씩하고 기분 좋게 야간열차 침대 위에 우리는 몸을 뉘였다.

스쳐 지나는 베갯머리 위쪽에 불빛 많구나 기차는 이제
지금 고즈(国府津)를 지났는가
さし過ぐる枕の上の火ぞ多き今し車は国府津を行くか

연락선

미야지마(宮島)부터는 처음 하는 여행이라서 바칸(馬關)[1]이라는 이름은 잘 못 들어봤다.

정류장을 나오자 큰 길 앞쪽에 비교적 높은 언덕이 있다. 새롭게 개척한 것인지 붉은 빛깔의 흙이 우울하다. 신사가 있는 것 같은데, 돌계단이 이어져 있다. 동네는 그 아래에 좁게 연결되어 있는데, 이것이 물론 전부는 아니다. 본래 동네는 넓고 좌우 어딘가로 이어져 펼쳐져 있을 것이다. 호텔에서 아침식사를 했다.

기분 좋구나 설탕 조각이 녹아 가는 홍차를 바라보고 있으니 나도 모르게 문득
快く砂糖の角の溶てゆく紅茶を見つゝものはおもはず

정거장에 들어가 대합실에 걸터앉았다. 내지인과 섞인 조선인 수는 매우 많다. 그 하얀 옷이 우선 눈에 띄었다.

선창가에 기선이 두 척 정박해 있다. 그 하나를 향해 대합실에

---

1) 시모노세키(下關)의 옛 명칭.

서 나온 군중이 열을 지어 조금씩 움직이고 있다. 우리도 그에 따라 조금 더운 부두를 걸어갔다.

올려다보는 배의 돛대가 여름 깊은 하늘을 비스듬히 가르며 두툼하게 펄럭여
仰ぎ見る舟の帆柱夏ふかき空を斜にさして太しも

올라타려고 문득 바라본 배의 뱃머리 위에 경복환(景福丸) 이름만이 조선처럼 보이네
上らむとしてふと見やる船の舳景福丸の名こそ韓めけ

같이 바다를 넘는다는 생각에 나란히 걸어 선창가에 오르는 이에게 말을 거네
同じ海越ゆと思へばうち並び船橋のぼる人にものいふ

방은 들은 대로 깨끗했다. 앉아 있으니 급사가 차를 가져 왔다. 이어 양복을 입은 사람이,

"외국에 가십니까?" 하고 말을 건네며 들어왔다. 외국행임에는 틀림없다. 다만 부산까지 가는 외국행이다. 명함을 보니 경찰이다.

"수고 많으십니다."

인사말을 건넸다. 사람들이 적어 조용해 마치 서재에 있는 듯한 평화로운 기분이다.

창으로 보는 맑게 개인 하늘에 떠 있는 구름 움직임조차 없어 배가 떠나지 못해

窓に見る晴れたる空に浮ける雲動きこそせね舟は出づらし

　배가 토하는 흘려보낸 물소리 파도 소리에 닻을 감는 소
리가 섞여 들리는구나
　舟の吐く棄水の音と波の音にまじるは錨捲く音らしも

　배가 조금씩 움직이기 시작했다. 뱃머리 쪽의 파도가 새하얗
게 솟구쳐 올라 한 길 폭의 제방을 만들고는 급속히 물러가서
짙푸른 파도로 흘러간다. 뱃멀미가 가장 무섭다. 지금까지 종종
멀미를 했고 이제는 질려버려서 가능한 한 움직이지 않고 창문
으로 밖을 쳐다보고 있다.

　배 나아가는 방향 지금 바뀌어 갑작스럽게 푸른 산이 보
이네 창문 너머 가득히
　船のむき今しもかはる俄にも青き山見ゆ窓いっぱいに

　무슨 이름의 섬일까. 조금 큰 섬이 전면에 보인다. 금방이라도
가까워질 것 같으면서도 얼마간 거리가 벌어진다.
　"배가 나아가는 것이 의외로 느리군요."
　"여기는 아직 해협이니까요. 나가면 그야 빨라지겠죠."
　교타이 군이 말했다.
　이윽고 섬 옆을 통과했다. 인가도 조금 보인다.
　"무슨 섬일까요?"

"뭐 말입니까? 육련도(六連島)라고 하는 걸까요?"

딱히 물어보려고 하지도 않는다.

육지는 점차 멀어지는데 여전히 안개 낀 곳이 보인다.

"저곳은 어디일까요?"

"야마구치(山口) 현 어딘가겠죠."

"어디일까요?"

"또 어딘가가 보이는군요."

　　끝이라고들 하는 곳 끝머리에 끝나지 않고 보이는 것이
　있네 야마토(大和)2) 시마네(島根)3)가
　　果と聞く岬のさきに見えて尽きずもあるかな大和島根は

검고 길게 쑥 튀어나온 곳이 또 보인다. 뭔가 이름 있는 곳이
라고 생각되는데, 생각하고 있는 것보다 자는 것이 더 낫다.

"목욕물은 준비되어 있겠죠?"

"딱 좋은 상태라고 합니다."

바로 목욕을 했다. 적당한 온도의 물이다. 누워 있으니 열기가
기분 좋게 몸에 녹아들어온다. 마치 어딘가 호텔에 있는 듯하다.
배로 하는 여행이 이런 것인가 생각하니 더욱 더 멀리 가보고
싶어 한층 기분이 좋아졌다.

---

2) 일본 민족을 일컫는 말.
3) 일본 혼슈(本州)에 있는 현으로, 한반도에서 일직선으로 가장 가까운 거리에 있
　는 곳이다.

내가 목욕을 마친 다음 아내가 목욕을 했다. 그리고 교타이 군이 했다. 나와서 모두 "기분 좋다"고 말했다. 교타이 군은 옆방에서 잔다고 한다. 우리도 곧 잠자리에 들었다. 뱃멀미의 특효약이라고 할 만한 약을 출발할 때 미나미(南) 박사에게 받아놓은 것이 있어 꺼내 먹었다.

밖에서는 폭풍우 치는 듯한 소리가 들렸다. 배가 파도를 가르는 소리이다. 완전히 태풍 같은 느낌이다. 육지에서는 덧문을 때리는 소리가 이어지고 집의 진동이 수반되는데, 창으로 보이는 하늘은 새파랗고 몸으로 느끼는 동요도 없다. 오히려 자장가라도 듣고 있는 듯한 기분이 들어 어느새 꾸벅꾸벅 졸았다.

"쓰시마(対馬)가 보입니다."

교타이 군이 깨우러 왔다.

"여기서 말인가?"

"아니오, 위의 갑판에 나가야 보입니다."

올라가볼까. 올라가면 뱃멀미를 할지도 모른다. 그냥 그만 두자. 거절하고 눈을 감았다. 다시 꾸벅꾸벅 졸았다. 일본해 해전[4]이 문득 떠올랐다. 제3함대 사령장관이었던 고(故) 가타오카(片岡)[5] 대장의 얼굴이 떠올랐다.

---

4) '일본해 해전'은 러일전쟁 중에 벌어진 해전을 일본 측에서 부르는 말이다. 한국에서 부르는 '대한해협 해전' 혹은 '쓰시마 해전'을 가리킨다. 다른 곳과 마찬가지로 용어는 당시의 시대적 분위기를 살려 원문 그대로 번역했다.
5) 가타오카 시치로(片岡七郎, 1854-1920)를 가리킴.

"러시아 함대를 끌어들이기 위해 자신들을 희생시킨 거지."

지금은 역시 고인이 된 아버지가 전쟁담을 듣고 싶어 찾아가면 웃으면서 이야기해주신 말까지 떠오른다. 그 부드럽고 온후한 사람이 대군을 잘 지휘하고 질타 호령하시곤 했다. 그런 분이 돌아가시고 세월이 흘렀다고 생각하자 이것도 저것도 꿈으로 느껴진다. 그리고 자신이 이렇게 안이한 항해를 하고 있는 것도 또한 꿈이 되는 때가 올 것이다.

잠에서 깨니 점심시간이 이미 벌써 지나 있었다. 일어나는 것도 귀찮고 공복도 느껴지지 않아 계속 누워 있었다. 교타이 군도 깨우러 오지 않는다. 건너편 침대에서 아내도 편안히 잠들어 있다.

> 종종 이따금 얼굴을 들어 보면 잘 자고 있는 아내의 얼굴에는 근심걱정 없으니
> をりをりに顔上げみればよく寝たる妻の面に悩あらざり

> 넓은 바다의 파도소리 밖에서 울려 퍼져도 잘 자는 사람에게 방은 고요하구나
> 大海の波外面にはとゞろけどよく寝る人に部屋は静けし

안내기를 읽으면서 다시 꾸벅꾸벅 졸았다.

> 넓은 바다의 한가운데 떠있어 누군가 문득 떠올린 집보다 더 마음 편안하구나

大海のまなかに浮くと誰れか思ふ家よりもなほ心安きに

　침대에서 내려와 잠깐 창문으로 내다봤다. 확실히 바다 한가운데이다. 산도 섬도 아무것도 보이지 않는다. 그저 검푸르고 무거워 보이는 색이 곳곳에 오후의 햇빛을 받아 하얗게 반사되고 있다. 거기에만 파도가 있다. 하늘 가까운 곳으로 꺾여 돌아가는 것이 현저히 보인다. 저곳을 지나가면 이처럼 마음 가볍게 있을 수 없겠지.

　그러나 역시 마음은 앞을 향했다. 빨리 부산을 볼 수 있으면 좋겠다. 이 배에서 빨리 내려 조선 땅을 밟고 싶다. 아니, 마산을 보고 싶다. 경주를 보고 싶다. 경성을 보고 싶다. 압록강을 건너고 싶다. 다롄, 뤼순, 그리고 펑톈, 창춘, 하얼빈을 보고 싶다. 계속 생각하고 있으니 마음이 자꾸만 앞으로 나아간다. 여행을 좋아하는 아버지가 정거장에서는 정거장을 즐기고, 기차에서는 기차를 즐기고, 차에서는 차를 즐기고, 숙소에서는 숙소를 즐겨 그야말로 여행을 찰나적으로 즐기면서도 여유롭게 나아간 기분은 결국 나에게는 전해지지 않았다.

　　모든 것들을 괜찮다고 하시며 웃음 지으신 아버지는 즐거운 분이었을 것이다
　　もの皆をよしと定めて笑まひゐし父はたのしき人なりしかな

마산에 가까이

'부산에 가까운 곳이 가장 거칠다'고 들은 적이 있어서 침대에 그대로 누워 고개를 들지 않았다. 자면서 안내기를 계속 읽고 있다. 그러나 특별히 파도가 거친 것도 아니다.

"벌써 항구가 보입니다."

교타이 군이 옆방에서 와서 일러주었다. 일어나 바라봤다. 과연 전면에 산이 보였다.

"조선의 산은 붉은 민둥산이라고 하는데 그렇지도 않군."

"원래 그랬는데요, 지금은 나무가 울창해 푸른빛이 되었습니다."

"바로 앞에 보이는 것은 절영도(絶影島)입니까?"

안내기를 암기했기에 물어보았다.

"그렇습니다. 저 건너편에 부산 동네가 있습니다."

이상한 기둥 같은 붉은 바위가 여럿 보였다. 내지에서는 볼 수 없을 것 같은 풍경이다. '다섯으로도 여섯으로도 보이니까 오륙도(五六島)라고 한다'고 나중에 들었다.

저녁노을의 강한 빛을 노닐다 건너왔노라 바다에 치는
파도 넘실대고 있구나
夕照のつよき光をもてあそび越え来し海の波ぞ躍れる

섬을 돌아 배가 나아갔다. 부두가 정면에 보인다.

"마중하러 나온 사람이 많은 것 같네요."

교타이 군이 말했다. 과연 부두에 서 있는 그림자가 많다. 그
러나 좀처럼 배가 멈추지 않았다. 건너편에서도 기다리다 지칠
것이다. 이쪽도 답답하다.

움직여봐도 배는 보이지 않고 나와 사람들 가른 파도는
아직 일렁이고 있구나
動くとも船はも見えず我と人隔つる波はいまだ多しも

간신히 배가 정박했다. 내리는 데 시간이 걸렸다. 얼굴은 위
아래로 보이는데, 좀처럼 가까워지지 않는다.

마침내 배에서 내렸다. 환영 인사가 많은 사람들의 입에서 흘
러나왔다. 나를 위해 이렇게 많은 사람들이 모였다고 생각하니
가슴이 벅차올랐다.

백의를 입은 사람들은 내지에서도 봤다. 그러나 '지게'를 짊어
진 모습은 처음으로 본다. 이것만 조선 분위기이고, 동네 전체는
내지와 마찬가지이다.

호텔에서 쉬었다. 배를 싫어하는 내가 안전하게 바다를 건넜다는 안도감에 마시는 시트론도 매우 맛이 좋았다. 금강산을 그린 유화를 쳐다보며 저곳으로 가는 것도 멀지 않았다는 생각에 가슴이 뛰었다.

경성에서 멀리 와준 이노우에(井上) 군, 특별히 마중을 나와 준 다테(伊達) 경찰부장에게 이별을 고하고 마산에서 마중 나온 구보(久保) 군과 요시아키(吉開) 씨의 안내를 받아 마산으로 향했다.

계단을 밟고 타는 기차도 드문 풍경이다. 광궤(廣軌)1)여서 폭이 넓은 것이 특히 좋다. 촛대가 놓여있는 것도 묘하다. 마지막 차량에 타서 전망이 좋다.

항구를 벗어나 잠시 가니 해가 완전히 저물었다. 길은 양쪽 산 사이로 나 있다. 산의 어둠이 깊다. 그 중앙으로 밝은 빛이 가득 차 있다.

산에 가까이 다가가자 점점 더 짙게 드리운 안개 밑바닥
에서 달빛이 떠올랐네
山近うなればいよいよ立ちまさる靄の底より月浮び来つ

달은 빛을 발하며 차의 오른쪽에서 왼쪽으로 기운다. 눈앞에 밭이 펼쳐졌다. 안개가 하얗게 끝없이 펼쳐져 있다. 내지 그대로의 산이 건너편으로 이어져 있다. 아직 조선다운 느낌이 없다.

---

1) 표준궤보다 폭이 넓은 궤간을 가진 철도 선로를 말한다.

한층 검은 밭이 보였다. 과수원이라고 한다. 달은 나무 사이사이를 밝게 비추고 있다.

그런 가운데 달빛이 갑자기 펼쳐졌다. 넓은 물에 비추기 시작한 것이다. 낙동강이다.

과수원 위의 둥그렇고 커다란 달이 넓은 강 위로 옮겨갔을까 강물 위에 비추니
果樹園の上をまろびて大きな月大江の水に移りたるかな

달빛이 비추고 있는 모습을 보니 상당히 큰 강이다. 차가 움직일 때, 요염한 달빛을 받은 파도가 따라 움직이며 끝없이 이어진다.

차는 방향을 바꿔 다시 산을 따라 들판을 가로질러 달렸다. 파란 달빛이 점점 더 짙어졌다.

바다가 보였다. 여기도 달빛이 비추고 있다. 그림자가 한층 넓다. 마산이 가까워졌다.

마산

늦은 저녁식사를 하면서 난간 넘어 바다를 바라봤다.

앞에 보이는 산이 조금 가깝게 다가왔다. 오른쪽은 조금 멀리 떨어져 있다. 산허리가 불쑥 나와 있다. 산 안쪽은 더욱 깊은 물굽이를 만들고 있을 것이다. 건너편 산은 멀리 희미하게 보인다. 건너편에 다시 이어져 있는 산이 보인다. 오른쪽 왼쪽으로 거듭 겹치면서 여러 물굽이를 껴안고 다시 물굽이를 만들고 있다. 이렇게 해서 진해만까지 계속될 것이다. 왼편의 산도 마찬가지로 높고 낮게 멀리 그리고 가까워지며 도처에 물굽이를 만들고 있는 듯했다.

산은 멀리 있는 것은 하얀 안개를 업고 가까운 것은 나무 검은 그림자를 받아 어느 산이든 완만한 경사를 이루며 느긋이 그림자를 물에 드리우고 있다.

물굽이는 잔물결만 일고 있다. 산 그림자가 드리워진 곳만 눈에 띄게 푸른데, 중천이 되어 달빛을 가득 비추고 있는 곳은 수은을 흘려놓은 듯 밝다. 눈을 다른 데로 돌리니 보는 곳마다 흰

들리며 빛이 따라온다.

젓가락을 놓고 난간에 기댔다. 의자에 앉았다. 방에 앉았다. 어디에 있어도 강물 위에 비친 달이 따라오며 반짝인다.

밤은 점차 깊어갔다. 마을 사람들은 잠든 것 같다. 어느 집이나 문이 닫혀 있다. 그러나 물굽이에 면한 창문을 열고 나와 마찬가지로 빛을 즐기는 사람도 있을 것이다.

산 그림자가 뭍 깊숙이 들어간 바다에 비춰 파도 고요한
밤에 떠있는 달이로다
山かげの深き入江の波なきにうつり静まる夜半の月かな

"매우 좋은 달이로구나."

"이런 경치 좋은 곳에서 이런 달밤을 만나다니 생각도 못했습니다."

"아카시(明石) 주변보다 건너편 산이 낮아 오히려 방해가 되니 좋지 않군."

서로 언쟁을 했다. 조금 추워졌다. 그러나 아직 잘 기분은 들지 않았다. 달은 점점 맑아져 서쪽으로 생각되는 방향으로 기울어갔다. 주변의 산꼭대기 가까이 안개가 짙게 보였다. 비스듬한 빛이 전보다 폭이 넓어지면서 강물 위를 비추고 있다. 바람이 조금 인 것 같다. 파도가 눈에 띄게 움직였다. 달빛이 이리저리 흔들렸다. 흩어졌다 모이고 다시 흩어지고 또 모인다.

"보고 있으니 끝이 없구나. 자 볼까."
아쉬운 듯 여전히 달을 쳐다보고 있다.

샘솟아나는 끝없는 달그림자 고독한 내게 스며들 뿐이로
다 바라보고 있으니
湧き来るは堪へざる愁月かげの身にしむばかり眺めて居れば

아침 햇살이 반짝반짝 비춰 잠이 깼다. 모기장을 나와 간밤에
달이 걸려 있던 산을 바라봤다. 밤에는 검은 빛이었는데 오늘 아
침에는 초록 짙은 것이 매우 시원한 느낌이다. 굽이굽이 물굽이
가 파도를 조금 일으키며 조용히 구석까지 비추고 있다.

물빛이 이미 가을색으로 변한 아침 바다에 지나가는 배
들도 보이지 않는구나
水すでに秋なる色にあらはるる朝の入江は行く舟もなし

안쪽 창에서 바라보니 나무와 풀이 무성한 높은 산이 보였다.
곳곳에 큰 바위가 보였다. 조선 가옥이 점점이 보였다. 버섯이
자라고 있는 것 같다.
지붕에 앉아 우는 새가 있다. 하얀 배를 보이고는 내려왔다 다
시 올라갔다. 그때마다 검푸른 날개와 꼬리가 하늘하늘 움직인
다. 그림에 잘 그려놓은 듯한 까치이다. 까마귀보다 좋은 모습을
하고 있다. 까마귀 대신에 까치가 있는 조선은 혜택 받은 땅이라

는 생각이 든다.

[사진 2] 조선의 농촌

부윤(府尹)1) 이타가키(板垣) 씨가 오셨다. 대대(大隊)로 안내하겠다고 해서 간밤의 구보(久保) 군도 함께 출발했다. 비가 시원하게 지나갔다. 물굽이를 따라 자동차가 시원하게 달렸다.

"이 주변에는 대나무가 참 많습니다. 북쪽으로 가면 완전히 없어집니다."

조금 있는 대나무 숲을 가리키며 이타가키 씨가 말했다.

"이 주변에는 호랑이는 없겠죠?"

---

1) 일제 강점기의 행정 단위인 부(府)의 우두머리를 가리킴.

"여기는 없습니다. 북쪽으로 가면 있습니다."

"그럼 대나무에 호랑이라고 하는 것은 거짓이 되겠군요."

"그렇습니다. 호랑이가 있는 곳에는 대나무가 없으니까요."

대대장인 야기하라(八木原) 대좌가 마중을 나왔다. 정원에 테이블을 늘어놓은 곳으로 안내해주었다.

정원에는 벚나무와 다른 큰 나무가 잎이 많이 나 있고, 그 사이로 아주 조금 햇빛이 새어 나왔다. 내려다보니 물굽이 모양이 변해 있었다. 지금까지는 가로로 봤던 것을 여기부터는 세로로 봤다. 오른쪽은 돌출한 산에 가로막혀 있는데, 왼쪽은 오히려 멀리 바다와 연결되어 있다. 물에서 올라온 바람이 시원하게 옷깃을 스쳤다.

> 한낮 가까이 햇빛 살랑거리며 부는 바람에 내해에 반짝
> 이는 파도 거세게 일고
> 正午近き光を揺りて吹く風にきらめき強き入海の波

"병사들이 재미있는 말을 합니다. 건너편 산은 이름이 없지만 가서 닿을 목표로 삼을 때 '도미의 입산을 향해'라고 외치며 하고 있습니다."

대대장의 말을 듣고 다시 바라봤다. 과연 돌출되어 있는 산꼭대기가 부풀어 오른 것이 높고 경사가 급하며 낮은 곳도 있다. 경사가 더욱 심한 곳에 높은 곳도 있고 또 부풀어 오른 곳은 낮

다. 이는 잘 보이지 않지만 완전히 도미가 입을 벌리고 있는 모습 그대로이다.

"오늘밤도 역시 달빛이 좋으니 배로 가까운 바다라도 안내하겠습니다."

대대장의 호의를 감사해하며 그곳을 떠났다. 곧 차가 산을 지나쳤다. 몇 굽이 지나자 부윤의 관사가 보였다. 부인이 마중을 나와 있었다. 방에 들어가 바라본 바다는 또 다른 분위기를 자아냈다.

"이래서 여기는 떠나기 어렵다니까요."

"여기가 내지로 말하면 스마(須磨), 아카시(明石)에 해당되겠네요. 조선 제일의 건강한 곳이니까요. 북쪽으로 가면 어디에도 이렇게 좋은 곳은 없습니다."

"항구로서의 가치는 떨어졌고 상업적으로 볼 만한 것은 없습니다만, 이 경치, 이 공기는 좋습니다."

마산은 이제 번성하지 않은 곳이 없다. 그러나 이는 상업지이기 때문이고 풍경은 일절 관계없다. 부윤의 과한 칭찬은 결코 과한 것이 아니다.

차는 다시 마을을 향해 달렸다. 일본인 거리를 벗어나 조선인이 모여 사는 곳으로 들어갔다. 구(舊) 마산이다.

좁은 길 양쪽으로 집이 빗살처럼 빽빽이 들어서 있다. 오가는 사람 수도 많다. 장롱집에서 쌓아 올린 장롱의 푸른 장식이 반짝

반짝 빛나며 눈에 띄었다.

길옆에 우물 같은 것이 보였다.

"이것이 몽고정(蒙古井)2)이라고 하는 것입니다. 원나라 군사가 일본을 정벌하러 왔을 때 이곳을 근거지로 하기 위해서 판 것이라고 합니다."

구보 군이 설명해줬다. 실제로 정말로 오래된 연못이다. 몽고 군사가 일본을 일시에 정벌하는 것을 물을 마시듯이 생각했을 것이다.

전면에 구릉 일대가 보이기 시작했다. 폭이 넓은 돌담이 높이 솟아있다.

"저곳은 고성이 있던 터입니다. 임진왜란 때 일본군이 쌓았다고 합니다."

"완전히 일본풍이군요. 혼마루(本丸),3) 니노마루(二の丸)4) 같은 구조도 있습니까?"

"올라가 보면 완전히 일본적입니다. 시간이 있으면 가볼 수 있을 텐데요."

일시적이지 않고 적어도 반영구적인 구조로 보였다.

---

2) 마산 합포구에 있는 고려시대부터 전해오는 우물. 고려 원종 때 일본 원정을 앞 둔 몽고군이 군마(軍馬)의 음료수를 확보하기 위해 판 것이다.
3) 성의 중심이 되는 건물. 둘레에 해자를 팜.
4) 성의 중심 건물 바깥쪽에 있는 성곽.

귀신의 얼굴 짐승의 머리를 한 나라 사람을 두렵게 만들
　　면서 지켜낸 무사로다
　　鬼の顔獣の頭国人を恐れしめつつ守りけむ武夫

　　얼굴 보호구, 투구 앞면에 꽂는 장식물, 귀신과 짐승을 연상시
키는 무장(武裝)은 조선인에게 매우 이상하게 보였을 것이다.
　　날이 저물어 해안으로 나왔다. 선창을 돌아온 배에 올라탔다.
대대장이 쾌활하게 이야기했다.
　　"여기는 아시다시피 진해만까지 이어져 있습니다. 구부러진
곳이 많아 안쪽은 상당히 넓습니다."
　　"그쪽까지 가보지 않겠습니까?"
　　"못갈 것도 없지만 돌아갈 시간이 필요하니까 근처까지만 가
볼까요?"
　　배가 앞으로 쭉쭉 나아갔다. 달이 떠서 파도 위에 빛을 던지고
있다. 엷은 구름이 나와 이따금 몽롱해지는 것도 정취가 느껴진
다. 산은 가깝지만 그저 검게 보인다.
　　"지금 지나온 섬을 저도(猪島)5)라고 하는데, 보기 드문 전설도
있습니다. 알고 계시죠?"
　　"안내기에서 읽었습니다만, 매우 재밌었어요."
　　"형태가 돼지를 닮아 붙였다죠?"

---

5) 진해만의 서쪽에 뻗은 구산반도의 서쪽 끝에 있는 섬으로, 섬이 돼지 모양을 하
　고 있어 붙은 이름이다.

"내지에서는 우도(牛島)라고도 말하죠."

달이 맑아졌다.

　바다 가득한 달빛 속에 점 하나 산에서 배를 내려다보고
있는 아이 어디 없느냐
　海に満つ光の中の一点と山より舟を見る子あらずや

　산세가 다양하게 달라지자 달이 비추는 것도 달라진다. 빛과
그림자가 멋지게 교차한다. 배가 잘 나아간다. 뱃전에 부서지는
파도소리도 유쾌해 이야기도 절로 흥이 난다.

　"병대에 있을 때 황족 한 분이 함께 계셨는데, "네가 사령관이
되면 폐하가 웃으실 거야", "왜 그렇습니까?", "이름이 다로사쿠
(太郎作) 아닌가. 신(臣) 다로사쿠라고 합니다, 하고 말하면 틀림없
이 웃으실 거네" 하고 말씀하셨어요. '다로사쿠'는 제가 생각해
봐도 촌스러워요."

　대대장의 이름은 다로사쿠였다.

　"제 이름에 있는 '오노에(尾上)'도 하치로(八郎)6)도 상당히 묘합니
다. 작년 정월에 도쿄 역에서 짐을 찾으려 할 때, "올해 첫 흥행
물은 어떤 것입니까?" 하고 물어보더라구요."

　이렇게 말하며 웃었다.

---

6) '오노에 하치로'는 본서의 저자인 '오노에 사이슈'의 본명이다.

앞을 다투어 배와 함께 달리는 모습 선명히 달빛에 빛나
구나 파도 한 자락에도
競ひつつ舟と走らふ端だちて月に光れる一筋の波

저기 그늘에 마을이 숨어있네 어둠이 깊은 산자락만 하
늘에 조금 붉게 물들고
かの陰に街やかくるゝ闇深き山のみ空のすこしく赤き

"저기가 진해입니까?"

"시가지치고는 너무 불이 많지 않습니까?"

"여기부터는 저 정도입니다만, 아직 더 많이 보일 거예요."

"지금은 상당히 쇠퇴했다고 들었는데, 정말이군요."

"지금은 군항이 아니기 때문에 자연스럽게 쇠퇴했습니다. 그
래도 아직 인구는 적지 않습니다."

"대 해전을 앞두고 진해에 숨어서 사격연습을 했기 때문에 보
통의 해전이라면 반드시 이길 것이라는 확신을 얻었다고 들었습
니다. 사실인가요?"

"물론 그렇습니다. 만(灣)의 안쪽에서 나와 맹렬히 사격 연습을
했습니다."

"그건 그렇고, 대 함대가 들어갈 수 있었던 모양이죠."

"여기에서 보는 것과 아주 가까운 데서 보는 것은 달라서 만
의 굴곡이 잘 감춰져 있습니다."

"해전 직후에 '해군 한 사람이 와서 이야기를 해줄 테니 관계자만 나오라'는 통지를 받았습니다. 만사를 제쳐놓고 나갔는데, 손에 잡힐 듯이 구체적으로 이야기해주는 느낌이었습니다. 이야기가 점점 가경에 들어가자 이야기하는 사람도 흥분하고 청중도 감격했습니다. 저도 원래 그런 사람이기에 이야기에 완전히 빠져서 듣고 있었습니다만, 마지막에 "이렇게 이야기하고 있지만, 사실 제가 전투에 참가한 것은 아닙니다"는 말을 해 너무 맥이 빠져 실망했습니다. 나중에 생각해보니 전쟁 직후에 귀경해서 강연을 할 만큼 한가한 사람도 없었을 거라는 생각이 들었습니다."

"그런 일은 곳곳에 있었을 거예요. 전쟁에 참가하면 곧 돌아올 수 없으니까요."

돌아가면서 배 기울고 기울어 하늘의 달도 산자락에 가까이 다가간 것 같구나
廻りつゝ舟傾けば傾きて月も山べに近くなりぬる

이번에는 달을 등에 지고 돌아갔다. 달빛을 받은 산들과 나란히 달렸다. 벼랑의 나무들 사이도 분명히 보인다. 여기저기에 하얀 안개가 떠서 움직였다. 밤이 깊다. 바람이 조금 차가워졌다.

"여기에서 보니 마산도 상당히 훌륭하죠?"

벌써 마산이 보이기 시작했다. 언덕에서 산에 걸쳐 수많은 등불이 이어져 있다. 마치 우오미사키(魚見崎) 주변에서 아타미(熱海)

를 보고 있는 듯하다.

"여기가 쇠퇴했다고 하는 것은 거짓말 같군요."

새삼 사람들이 칭찬을 늘어놨다. 이곳 사람들은 기쁜 듯이 웃었다. 부두의 등불이 가까워졌다.

경주로

나라(奈良)를 보고 싶은 마음이 일었다. 신라의 고도(古都) 경주는 나라보다 더 오래된 역사를 가지고 있다.

'조선에 가서 경주를 보지 않는 것은 있을 수 없다'는 말을 들은 적이 있다.

"반드시 봐야지. 조금 어려움이 있더라도 개의치 않고 꼭 보러 가야지."

도쿄를 출발할 때부터 굳게 결심했다. 그런 경주로 지금 향하고 있다.

대구에서 처음으로 조선의 풍속을 조금 봤다. 부산에서 이미 보고 마산에서 또 봤지만, 그것은 단지 잠깐 본 것에 지나지 않는다. 대구에서 각처에서 약을 가지고 몰려드는 시장을 구경했다. 달성공원에서 산보하는 많은 사람들을 보고, 외원에 올라 사방의 초가로 된 민가를 눈여겨봤다. 세탁장에 들러 부인들이 백의를 빨고 있는 모습을 자세히 보고 사진도 찍었다. 그래서 조선 사정을 조금 알게 되었다.

그러나 이는 현재의 조선 자체이다. 더욱 오래되고 또 매우 오래된 과거에 내지와 밀접히 관계를 가지고 있던 그 시절의 조선을 보거나 알 수는 없었다. 이를 보고자 한다면 반드시 경주에 가보지 않으면 안 된다.

대구를 벗어난 차는 큰 강의 다리를 건넜다.

"대구 사람은 여기까지 피서를 옵니다."

운전수가 말했다. 물은 그다지 많지 않지만 과연 시원해 보였다.

강을 건너 들판으로 나온 차는 하얀 외줄기 길을 직선으로 달렸다. 실로 평탄한 길이다. 가로수가 양쪽에 끝없이 이어져 있다. 그 가운데를 숫돌 같은 한 줄기 길이 끝도 없이 이어졌다.

차도 좋고 길도 좋다. 운전수도 운전 실력이 좋다. 흔들림 없이 주위가 변한다. 가로수가 흐른다. 초가가 달린다. 사람들이 날고 있다. 말이 달린다. 이따금 산이 움직이고 들판이 이동한다.

> 땅과 떨어져 달리는 자동차냐 아카시아와 포플러 나뭇길
> 에 소리도 나지 않고
> 地につかで走る車かアカシヤのポプラの道の音も立てなく

완만하기는 하지만 계곡으로 떨어지는 느낌이다.

"지금 뭐였습니까?"

"저건 강입니다."

"강 위를 달리고 있는 겁니까?"

"그렇습니다. 비가 올 때 갑자기 물이 나오기 때문에 그 배수로에 패인 곳이 만들어진 겁니다. 말하자면 강이 만들어진 거죠. 앞으로 여기저기 나올 겁니다."

주의해서 보니 과연 강이 만들어져 있다. 양쪽은 밭이다. 거기에 빗물이 고여 있다. 한쪽의 높은 밭에서 다른 한쪽의 낮은 밭으로 그것을 흘려보내려고 평소에 콘크리트 제로 완만히 경사지게 홈을 파놓은 것이다. 말하자면 예비 강이 만들어져 있다. 내 지라면 수무교(水無橋)가 놓였을 곳이다. 푹 파인 곳에 차가 빠졌다가 다시 달려 올라갔다.

"비가 올 때는 새로 생긴 강 가운데를 차가 달려 통과하는 겁니까?"

"그렇습니다. 사람들도 첨벙첨벙 건너는데요, 물이 찼는가 하면 곧 빠지기 때문에 그다지 힘들지는 않습니다."

이런 말을 듣고 있는 사이에 다시 자동차가 쑥 미끄러지듯 들어갔다 다시 쑥 하고 나왔다.

"곧바른 길에 이것이 변화를 줘서 좋지 않습니까?"

차 안은 바람이 들어와 시원했지만 바깥은 해가 쨍쨍 내리쬐어 상당히 더워 보였다. 가는 사람도 오는 사람도 가끔씩 밖에 보이지 않지만 땀을 흘리며 새빨간 얼굴을 하고 있다. 걷다 지쳤는지 가로수 아래 작은 그늘에 의지해 푹 잠들어 있는 사람도 있다.

"땅 위에 바로 누워 잘도 자는군요."

"벌레가 기어 올라올 거예요."

"흙이 너무 말라 벌레도 없겠죠."

"자동차 먼지를 뒤집어쓰고도 아무렇지도 않은 것은 왜일까요?"

"내지에서는 길가에 쓰러져 죽으면 아무도 알아주지 않잖아요."

모두 입을 모아 말했다.

아카시아와 포플러 가로수는 울창하게 곧바른 마른 길에 짙은 그늘을 만들고 있다.

　흐트러지며 서로 가라앉았다 지나쳐가는 자동차의 창가
　에 아카시아 그림자
　　乱れあひ崩れあひては過ぎてゆく車の窓のアカシヤの影

과수원이 계속 보였다.

잘 열린 사과가 아직 파랗지만 푸른 잎 사이로 다들 얼굴을 내밀고 있다. '대구 사과는 세계 제일'이라고 적혀 있다더니 여기였나 보다.

자동차가 점차 질주했다. 창으로 들어오는 바람이 상쾌하게 얼굴을 스쳤다. 푸른 산이 다가왔다 멀어졌다.

"이 주변의 산은 색이 좋군요."

"아카시아를 많이 심어놔서요."

"산을 빨리 푸르게 하는 것은 아카시아가 최고죠."

자동차가 갑자기 멈췄다. 무슨 일인가 보니, 의외로 큰 강이 차 앞에 넘쳐흐르고 있다.

"왜 그렇니까?"

"갑자기 물이 나와서요."

"건널 수 없나요?"

"아무래도 건널 수 없을 것 같습니다. 차만 건너는 거라면 어떻게든 되겠지만요."

모두 내리기로 했다.

언덕에 나와 보니 강은 다섯 칸(間) 정도 될까, 탁한 물이 여울 문턱에 부딪치며 흐르고 있다. 다리도 아무 것도 없다. 자동차만 건넌다고 하면 우리는 어떻게 해야 하나.

"저기 조선인에게 업어달라고 해서 건너세요."

둘러보니 언덕에 나와 있는 많은 조선인은 그저 구경만 하고 있는 것이 아니었다. 통행인이나 짐을 지고 건너편으로 건네준 다음 다소의 돈을 벌고 있는 듯했다.

"저기 하이칼라의 흰 조끼를 입고 있는 사람이 깨끗해 보이니 업어달라고 합시다."

사람을 부르자 바로 다가왔다. 순순히 모두 업어서 건너편으로 데려다 주었다. 미끄러지지도 않고 안전하게 건너편에 도착하자 자동차도 막 이쪽으로 왔다. 운전수가 내려 우리에게 말했다.

"아직 건너편에 이런 것이 하나 더 있습니다."

"건널 수 없을 정도입니까?"

"아니오, 점점 물이 줄겠죠."

이렇게 말하면서 자동차를 탁한 물 가운데로 미끄러지듯 달렸다. 큰 물보라가 쳤다.

하얀 빗자루를 돌리는 것처럼 차바퀴가 급회전했다. 기운 채로 달려 자동차가 건너편에 도착하자 이번에는 차가 큰 코끼리가 큰 바다를 건널 때처럼 큰 파도를 일으키며 이쪽을 향해 다가왔다. 간신히 언덕으로 올라왔다. 우리는 기다리고 있다 올라탔다. 이 소동을 높은 제방 위에서 보고 긴 곰방대를 물고 한가하게 보는 듯 마는 듯 보고 있는 세 사람이 있었다.

"어떻게 저렇게 아무렇지도 않은 듯 보고 있을까요?"

"저런 사람이 신선처럼 될 수 있겠죠."

부락이 보였다. 처마가 흰 당당한 집도 섞여 있었다. 영천(永川)이라고 한다. 놀라서 보고 있는 아이들을 뒤로 하고 차는 동네 한가운데를 질주해 통과했다.

"여기가 경주까지 모두 해서 가장 도회지입니다."

"가토 기요마사(加藤淸正)[1]도 경주에서 이 마을을 지나 대구로 나갔습니다."

---

1) 가토 기요마사(加藤淸正, 1562~1611)는 도요토미 히데요시(豊臣秀吉)와 도쿠가와 이에야스(德川家康)를 도와 전국통일에 중요한 역할을 한 무장으로, 1592년 임진왜란 때 도요토미 히데요시가 조선을 침략했을 때 선봉에 섰다.

"상당히 휩쓸고 지나갔겠네요."

"그런 게 아니라, 휩쓸고 지난 것은 오히려 명나라 병사라고 합니다."

이 근방에 이제 막 생긴 강이 또 있는 것인가, 또 한 번 업혀서 건너야 하나 비관하면서 왔는데 아니나 다를까 길을 가로질러 한 줄기 강물이 흐르고 있다. 그런데 이미 물이 줄어 놀랄 정도의 격류는 아니다. 차가 쑥쑥 미끄러지듯 달려 곧 건너편 기슭으로 올라갔다.

"또 나오나 했더니 의외네요."

"조선의 강은 이렇습니다. 돌아가는 길에 보세요. 보통의 강이 되어 있을 테니까요."

들판이 멀리까지 펼쳐졌다. 살짝 낀 안개 속에 포플러나무 두세 그루가 떠 있다. 크고 조용한 강이 길 왼쪽으로 흐르고 있다. 길은 산허리 옆으로 구부러져 강물과 떨어지지 않고 달리고 있다.

　　건너편 멀리 보이는 하늘빛도 초록이구나 이 광활한 들
　판에 여름 가까워지고
　　　向伏せるみ空の色もみどりなるこの広原の夏はしたしも

"예쁜 강이네요."

"영호강(永湖江)입니다."

"강도 좋지만 강 건너 평야도 좋군요. 여기저기 포플러나무가 있어서 그야말로 서양화 같지 않습니까?"

"저 평야 가운데 오래 전부터 살고 있는 내지인이 있는데 지금은 상당한 재산가라고 합니다."

강 가운데 여기 저기 돌이 놓여 있다.

"저건 무엇입니까?"

"건너편으로 건너가는 징검다리입니다."

이런 이야기를 나누고 있을 때, 이쪽에서 건너려 하는 백의를 입은 사람이 있다.

> 물에 잠기며 건너는 발뒤꿈치 하얀색마저 비쳐 보일 것
> 같네 시원한 물줄기에
> 浸りつゝ動く踵の白ささへ透りて見ゆる水の涼しさ

차에서 내려 멀리 바라봤다. 일대가 푸른빛으로 가득한 평야 건너편에 평화롭게 겹겹이 쌓인 산들이 안개 위에 선명히 떠 있다. 백의의 사람은 돌을 표시삼아 얕은 물 위를 유유히 걸어갔다. 물이 가느다란 줄무늬를 짜며 거꾸로 비친 그림자를 헝클어 놓고 있다. 드디어 다 건너 잔디 위에 서서 고개를 들어 이쪽을 쳐다봤다.

> 징검다리를 건너 풀밭에 닦은 발바닥 붉어 생각에 잠겼
> 노라 여름날 낮은 개울

渡りをへて草にぬぐへる足うらのほてりをおもふ夏の浅川

다시 차에 올라타 질주했다. 무성한 둥그런 수풀이 가까운 산 여기저기에 보였다.

"저것이 모두 무덤입니다."

"저렇게 곳곳에 있습니까?"

"이제부터 더 많이 보일 겁니다."

푸른 밭 사이로 깃발 하나가 보였다. 그 주변에 모여 뭔가 하고 있는 한 무리가 있다.

"저건 무언가?"

"권농기(勸農旗)라는 것입니다. 저 깃발을 들고 이웃 사람들이 도와주러 온다고 합니다. 북을 쳐서 흥을 돋우기도 합니다."

"옛날의 덴가쿠(田楽)2)와 같은 의미군요."

무덤은 점점 더 많아졌다. 고도(古都)라는 느낌이 점차 강해졌다. 벌써 경주에 가깝게 온 것이다. 이때, 질주하던 차가 갑자기 멈췄다.

---

2) 일본의 전통예능의 하나로, 농악에서 발달한 무용을 말한다.

왕릉

"이곳이 무열왕릉입니다."

운전수가 말했다. 무열왕은 신라의 국력을 극도로 신장시킨 영주로, 당나라의 힘을 빌려 백제를 멸망시키고 나아가 일본의 세력을 반도에서 몰아낸 현명한 왕이다. 그 능 앞에 내가 온 것이다.

차에서 내려 두꺼운 금잔디 초록을 밟았다. 길 왼쪽에 봉긋하게 높은 둥근 묘가 바로 이 무열왕릉이다. 그 뒤에도 같은 양식의 조금 낮은 것이 이어져 있다. 능 앞에 가서 목례를 했다. 소나무 사이로 부는 바람이 시원한 소리를 냈다. 잔디 끝에 희미하게 나부끼는 것이 보인다.

> 그날 이래로 계속 자라고 있을 무덤 위의 풀 그러나 사
> 람은 왜 그러지를 못하나
> その日より生ひつゞくらむ墳の上の草一もとに如かしが人は

왼편 한쪽에 비석이 서 있다. 가서 보니 비(碑)는 이미 없어지고 아래의 귀부(龜趺)[1]와 이수(螭首)[2]가 남아 있고, 이수는 귀부 위

에 잘 얹혀 있다.

"어떻습니까? 하나하나 살아있는 것 같지 않습니까?"

"비늘 모양도 머리 모습도 실물을 보고 있는 것 같군요."

"초당(初唐)3)의 정수를 그대로 전해주고 있습니다."

과연 사진에서 본 초당의 비석 이수의 거북이와 매우 닮은 모습이었다.

[사진 3] 무열왕릉

귀부는 직사각형의 묘석 위에 있는데 매우 컸다. 등에는 물론

---

1) 거북 모양으로 만든 비석의 받침돌.
2) 용 모양을 새긴 비석의 머릿돌.
3) 당나라 초기를 일컫는 말로, 618년부터 현종이 즉위한 712년까지 약 100년간을 말함.

거북 등 문양이 있고, 한가운데에 연꽃 모양의 불상 자리가 있어 비를 떠받치고 있는 모양이다. 그러나 지금은 여기에 이수가 남아있을 뿐이다.

"이 거북의 얼굴도 좋군요."

"머리에서 목 주변까지도 살아있는 것 같습니다."

"이것도 당나라 흉내를 낸 것이겠지만, 잘 만들었네요."

이수 한가운데에 '태종무열대왕지묘(太宗武烈大王之墓)'라는 여덟 문자가 두 줄로 새겨 있어 짜임새가 좋을 뿐만 아니라 전체적으로 생기로 가득 차 있어 놀라웠다.

길 건너에 또 하나의 토분이 있다. 여기에도 귀부가 풀 가운데에 엎드려 있다. 김탕(金湯)의 묘라고 한다. 김탕은 신무왕(神武王)을 옹립한 공신이라고 한다.

> 살며시 손을 갖다 대고 스치며 어루만지니 거북의 머리
> 에는 온기가 느껴지네
> やはらかう手にこそ通へ撫でて見る龜のかしらに残るぬく
> みは

들판을 사이에 두고 한 줄기 강물이 흐르고 있고 제방에 소나무 숲 같은 것이 있다. 그 건너편으로 또 예의 깃발이 서 있다. 거기에 사람들이 모여 있다. 북소리가 바람에 실려 살랑살랑 들려왔다.

"음악을 하고 있군요."

"저걸로 농사일을 즐겁게 할 수 있으니 유쾌하지 않습니까?"

"세상이 변해도 좋은 풍속은 언제까지나 남는 법이죠. 기쁜 일 아닙니까."

뛰어난 임금과 이름난 신하의 묘를 뒤로 하고 고풍스러운 음향을 들었다.

　　　풀숲에 앉아 멀리에서 들리는 가락소리에 귀 기울이는
　　　뒤로 솔바람 소리 일고
　　　草にゐて遠きひゞきを聞き澄ますうしろに起る松風のおと

다시 올라탄 자동차는 경주 시내로 들어갔다. 시내는 의외로 작았다. 전체 천삼백 방(坊),[4] 민가 십칠 만여 호의 모습은 어디에도 볼 수 없었다. 그저 판자나 풀로 엮은 지붕이 이어져 있을 뿐이다.

봉황대, 금관총 등의 이름이 보였다. 금관이 나왔다고 하는 금관총, 빨리 금관이 보고 싶었다.

자동차는 그 사이를 달려 한 여관에 도착했다. 깨끗한 방으로 안내를 받았다. 밥상이 나왔다.

"이 상 모양은 조금 독특하군요."

"이상하리만치 삼각형 모양이네요."

---

4) 행정구역 단위로, 지금의 동(洞)과 비슷하다.

"영일만 방면의 것은 이런 건가보죠?"

이런 이야기를 하면서 늘 그렇듯 무사태평한 기분으로 딱히 대답을 찾으려고도 하지 않았다. 작은 소나무의 초록이 짙은 정원을 향해 젓가락을 들었다.

경주박물관

"기다리고 있었습니다."

관장인 모로시카(諸鹿) 씨가 인사를 했다. 이름만 들었기 때문에 보고 싶었던 경주박물관 – 자세히 말하면 조선총독부 박물관 경주 분관 – 에 온 것이다.

지붕은 휘어 있다. 기둥은 붉은 색으로 칠해 있다. 문을 들어가자 바로 석상이나 석탑이 기이한 것들이 있다. 불상 중에는 스이코불(推古佛)[1]과 비슷한 것도 있다. 이것만으로도 이미 회고의 기분이 흘러넘치며 현관을 들어갔다.

관장의 안내로 각 실을 돌아봤다. 우선 석기시대의 것이 진열되어 있었다. 토기와 도기류가 있다. 신라시대의 유골함에는 눈길이 끌렸다. 옛 기와의 문양이 다양한 것에도 놀랐다. 연화당초 문양에도 복잡한 것이 있다. 연화는 꽃 위에 또 꽃이 얹혀 있는 모습이다. 뿐만 아니라 용이 있고, 가릉빈가(迦陵頻迦)[2]가 있다. 선이 힘 있게 에워싼 모습이 매우 아름다웠다.

---

1) 일본의 스이코천황(推古天皇) 때 만들어진 불상.
2) 극락에 산다는 여자 얼굴을 한 목소리가 고운 상상의 새.

기와도 아름다운 것이 있다. 이를 들여다보며 의관을 단정히 한 자가 드나들었다고 생각하니 마음은 어느새 신라의 전성시대로 달려갔다.

가득히 깔린 청보석을 밟듯이 가벼운 신발 가벼운 치맛
자락 소리도 나지 않고
敷き詰めし瑠璃をすべりて軽き靴軽き裳裾や音なかりけむ

"어느 것이나 훌륭한 것뿐이군요."

감탄의 목소리를 내며 관장 뒤를 따라 정원으로 나왔다. 큰 종이 앞에 나타났다.

"이것이 봉덕사(奉德寺) 종입니다. 종 주조할 때 한 아이를 넣어서 비로소 완성되었다고 합니다."

효성왕(孝成王)이 아버지 성덕왕을 위해 봉덕사를 건립했다. 이어 동생 경덕왕(景德王)은 여기에 덧붙여 종을 주조하려고 했지만 완성할 수 없었다. 그래서 아들인 혜공왕(惠恭王)이 유언에 따라 드디어 완성했다고 하는 것이 바로 이것이다.

십이만 근을 썼다고 하는 이 거대한 종은 완성될 때까지 굉장한 품이 들었다. 균열이 생기기도 했고 소리가 탁해 울리지 않는 일도 있었다. 몇 번이고 반복해 다시 만들었다. 그러나 아무리 해도 완전한 상태로 만들어지지 않았다. 왕을 비롯해 당사자는 어떻게 해볼 도리가 없어 모두 탄식할 뿐이었다. 특히 종을 주조한 하전(下典)이라는 자의 실망과 낙담은 굉장했다.

하전은 집에 돌아와 그저 괴로워하고 있을 뿐이었다. 여기에 여동생이 찾아왔다. 그녀는 애절한 마음을 누르며 자신의 딸을 종에 넣으면 종이 완성될지도 모른다고 했다.

하전은 놀라 그만두려 했지만 여동생의 성의에 마음이 움직였다. 여동생의 아이는 뜨거운 붉은 색의 종이 끓고 있는 속으로 던져졌다.

종은 드디어 완성되었다. 기다리고 기다리던 영혼이 깃든 소리가 경주 지역 구석구석으로 울려 퍼졌다. 남녀노소 귀천 없이 모두 소리를 내어 기뻐했다. 하전은 명공(名工)으로 상찬되었다. 그러나 그 소리는 그저 엄마를 부르는 딸의 목소리로만 귀에 들리는 것이었다.

종의 입구는 7척 5촌(寸), 둘레는 23척 4촌, 두께는 8촌이다. 이렇게 거대하지만 사방에 선녀가 춤을 추고 입구에 보상화문(寶相華文)[3]이 그려져 있어 매우 아름답고 우아하다. 조선의 종이라고 하는 것은 지금껏 종종 봐왔다. 그러나 이렇게 크고 또 우수한 종은 처음 접했다.

둥그스름한 큰 종을 따라 햇빛 그늘진 곳에 또렷이 새겨
있네 꽃도 하늘 선녀도
大鐘のまろみを伝ふ日のかげに鮮やかなるかな華も天女も

---

3) 연꽃을 변형해 상상의 꽃모양으로 만든 문양.

박물관 신관의 자물쇠가 열렸다. 우리는 여기에서 유명한 금관을 보게 될 것이다.

금고가 또 열렸다. 보라, 눈앞에 금관 한 개가 찬연히 있는 것이 아닌가.

세움 장식에는 50여 개의 경옥(硬玉)으로 만들어진 곡옥4)이 이어져 있고 황금 영락(瓔珞)5)이 반짝여 찬연하고 환하게 서로 조화를 이루며 주위를 빛내고 있다.

"어떤 신분의 사람이 썼던 것일까요?"

"곡옥은 일본의 것이라고 생각했는데, 여기에도 일찍부터 있었군요."

"금이라고 하는 것은 훌륭한 것이네요. 빛깔이 전혀 변하지 않았잖아요."

놀랍지 않은 것이 없다. 다음 상자에서 귀걸이, 팔찌, 반지 등이 계속해서 보인다. 어느 것이든 금빛이 찬란하다.

"이것이 보물로 전해지는 옥피리입니다."

옥관(玉管)이다. 마디를 붙여 정교하게 대나무 모양으로 되어 있다. 기품이 높은 것은 말할 것도 없다.

"용왕이 봉헌했다는 것이 이것입니까?"

"어떤 소리가 날까요?"

---

4) 구부러진 옥이란 뜻으로, 원문에는 구옥(勾玉)이라고 되어 있음.
5) 진주·옥·금속 등을 끈으로 꿰어서 만든 장신구로, 원문에는 한자 표기가 '瓔絡'으로 되어 있음.

조심하며 들여다봤다.

　　봄날은 갔다 봄날은 또 오지만 사람이 만든 예술로 만든
꽃은 지는 때를 모르네
　　春は逝き春は来れど人の子の芸術の花は散る日知らざり

　　나라조차도 일어나 무너져도 오랜 세월을 멸하지 않는 것
이 지금 여기에 있네
　　国すらもおこり仆れぬとこしへに亡びざるもの今こゝにあり

불국사까지

박물관을 나온 자동차는 우리와 안내해주신 모로시카(諸鹿) 씨, 그리고 경찰서장인 아즈마(東) 씨, 군위(郡衛) 오가타(緒方) 씨를 태우고 평탄한 길을 내달렸다.

고분 폐허를 둘러보니 옛 자취 아닌 것이 없다.

산은 높지 않고 조금 멀다. 들판은 산을 사방으로 둘러싸며 윤택하다. 신라의 도읍지가 여기에서 열린 것은 당연하다고 수긍이 갔다. 그러나 지금의 경주는 여기가 아니라 서쪽으로 기울어 있다. 마치 나라(奈良)가 동쪽으로 기울어 있는 것과 마찬가지이다. 다만 나라에는 당시의 당탑(堂塔)이 변화를 받으면서도 존재하고 있는 것에 비해, 여기에는 그저 단초와 남은 터가 쓸쓸히 남아 있는 것이 다르다.

자동차가 멈춘 곳에서 내렸다. 모로시카 씨의 뒤를 따라 소나무 숲 가운데로 들어갔다. 이 근방치고는 수풀이 잘 우거져 있다. 안쪽은 어두컴컴할 정도이다.

길을 빠져나가자 넓은 잔디가 나왔다. 가운데에 둥그런 묘가 있고 여기도 잔디가 초록색으로 덮여 있다. 가까이 가자 주위에 호석(護石)이 있고 공석(控石)이 있다. 공석 사이에 십이신상이 있다. 이들은 대체로 훼손되어 있지만 신석(神石)의 의관을 갖춘 신(神)은 온전히 남아 있다.

넉넉하구나 소맷자락 펼쳐서 천 년 뒤까지 임금을 감싸주
려 몸을 곧추 세우고
豊かなる袂ひろげて千年まで君を蒙ふと身は立つらしも

"이것이 성덕왕릉입니다."
"상당히 황폐해 있군요. 그래도 송림은 잘 우거져 있지 않습니까."
"능을 소중히 하고 주위의 나무도 베지 않는 습관이어서 이것이 없어지는 일은 없습니다."
이 소나무 우거진 숲이 능을 둘러싸고 있기 때문에 무열왕릉이 개방적인 것과는 달라 통일미가 충분히 있다. 능의 수풀의 푸른빛이 소나무의 검은빛과 어우러져 한층 그윽한 풍경을 자아냈다.

주위를 두른 소나무 숲이 깊어 부는 바람도 움직이지 않
구나 왕릉 있는 곳에는
立ちめぐる松の林の深うして風も動かず陵の上

능을 나와 차가 달렸다. 이곳도 마찬가지로 평탄한 길이다. 불

국사역이라고 하는 곳도 지났다. "영지(影池)가 저쪽이다"는 말을 듣는 사이에 통과했다. 경주의 남산도 이미 멀어졌다. 앞길에는 벌써 안개가 끼기 시작했다. 해의 그림자가 봉우리에만 남아있다. 만나는 사람도 드물어졌다. 까치가 이따금 울며 지나간다.

산기슭에 차가 멈췄다. 내리자 눈앞에 기이한 구조를 한 다리가 보였다. 탑이 보였다. 사진에서 종종 봤던 불국사이다.

[사진 4] 불국사

청운교, 백운교라고 하는 기교 있는 돌계단이 사람들을 높은 곳으로 안내한다.

소리를 내어 오르는 충충계단 옛사람들이 밟으며 걸을
때도 이렇게 울렸을까
音立てゝのぼるきざはし昔人踏みにし時もかく響きけむ

다 오르자 중문이 있다. 자하문(紫霞門)이라고 한다. 그리고 복도
가 이어져 좌우의 경루, 종루에 닿는다. 더 가다 꺾어지고 또 꺾어
져 금당 양측에 도착했을까, 지금은 그저 종루만이 있을 뿐이다.

문으로 들어갔다. 금당이 당당히 우뚝 솟아있다. 대웅전에 가
로로 긴 큰 액자가 보였다. 앞으로 가서 돌아봤다. 눈이 저절로
기이한 탑 하나에 쏠렸다.

다보탑의 기이한 구조여. 사각형 초석 위에 사각 기둥이 서
있다. 사각의 옥개(屋蓋)가 그 위에 얹혀 있다. 여기까지는 사각형
인데, 그 위의 세 층은 모두 팔각이다. 기둥도 난간도 모두 마찬
가지이다. 그 위에 얹은 옥개도 팔각이다. 그러나 그 위에 상륜
(相輪)[1]이 서 있다. 아래는 사각으로 정리하고 위는 팔각으로 정
리되어 있다. 사각과 팔각의 대조가 재미있어 탑을 만든 사람의
자유자재로운 기이한 발상이 잘 표현되어 있다.

눈은 동쪽에서 서쪽으로 옮겨갔다. 거기에 석가탑이 준엄하게
서 있다. 전체가 사각형으로 삼 층으로 만들어져 있다. 꼭대기에
보옥을 담는 사각대가 있다. 다보탑의 기이한 구조는 없지만 안
정감이 분명하게 느껴졌다. 그러면서 우아하고 쾌청한 분위기를

---

[1] 불탑 꼭대기의 쇠붙이로 된 원기둥 모양의 장식 부분.

자아내고 있다.

"이들은 실제로 신라 사람들이 만들었을까요?"

"그렇다고 되어 있습니다. 그렇지만 영지(影池)의 전설에 따르면 꼭 그렇지만도 않은 것 같습니다."

"영지라고 하는 것은 오는 길에 이야기한 것을 말하는 겁니까?"

"그렇습니다. 당나라에서 온 석공의 아내가 절에 들어갈 수 없어서 남편이 만들고 있는 석가탑이 완성되어 물에 비치는 것을 기다리고 있었는데 비치지 않고 다보탑만 비쳐 실망해서 연못에 투신했다고 합니다."

"석가탑이 당나라 사람의 작품이라면 다보탑도 마찬가지 아닐까요?"

제멋대로 상상을 서로 이야기하며 뒤편으로 돌았다. 강당이 있던 터와 그 안에 승방의 터로 생각되는 토담이 있다. 불국사는 규모가 큰 절이었다. 그래서 배치가 나라(奈良)의 야쿠시지(藥師寺)와도 많이 비슷하다.

절을 빠져나와 왼쪽으로 조금 내려가면 절이 또 하나 있다. 여기에도 불국사와 마찬가지로 돌계단이 있다. 안양문(安養門)이라고 하는 중문이 나왔다. 안쪽으로 위시전(爲視殿)이라고 하는 금당이 있다. 여기에도 뒤편으로 강당 터가 있고, 승방 터도 있다. 완전히 같은 구조이다. 규모가 작은 것만 다르다. 이 두 절이 어우러져 지금은 하나의 불국사가 된 것이다.

"돌계단에도 문에도 멋진 이름을 붙였군요."

"명명법은 중국에서 배웠겠지만 상당히 뛰어납니다. 아무 것도 없는 곳에 멋진 이름이 붙어 있어요."

"그러나 여기의 것은 대체로 이름과 실제가 서로 힘을 합하고 있지 않습니까?"

"이곳의 불상이 평판이 좋습니다. 절하고 가지 않겠습니까?"

해는 이미 기울었다. 토함산에서 내려온 하얀 안개가 벌써 주변을 감싸려고 하고 있다. 법당 안이 조금 어둡다. 눈을 정면으로 돌리자 그곳에 불상 두 채가 있다. 하나는 대일여래(大日如來)이고, 또 하나는 약사불(藥師佛)이다. 대일은 동(銅)이고 약사는 나무이다. 이제 막 칠한 호분이 어둠 속에서 눈에 띄었다. 완전히 새로 완성한 것 같은데, 가까이 다가가 응시하니 매우 오래된 느낌이다.

"언제 만든 것입니까?"

"신라 말기라고 합니다."

"이제 막 칠한 느낌이 너무 강해 가치가 크게 떨어지는 것 아닙니까?"

"주지가 바뀌면 칠을 다시 한다고 들었습니다만, 이것도 그런 걸까요?"

"부처님이 새롭게 보이면 보살핌도 배로 늘어난다는 생각도 있겠죠.”

“그렇지도 않을 겁니다만, 기운을 새롭게 한다는 기분이 있겠죠.”

저녁놀이 점점 짙어졌다. 서쪽의 칠보교(七寶橋), 연화교(蓮華橋)라고 하는 것을 밟고 내려가면서 중문을 돌아보며 발길을 멈췄다.

> 남은 돌계단 흰 빛도 섞였구나 산을 푸르고 검게 물들이면서 해가 저물어가네
> のこりゐし階の白さもまぎれつゝ山青黒く暮れてゆくかな

토함산

여행 중에는 잠이 빨리 깬다. 불국사 호텔의 마루로 나오니, 교타이(魚袋) 군이 나왔다. 아내도 나왔다.

완만히 경사진 전면의 넓은 들판은 곳곳에 그늘을 보이며 아침의 밝은 빛을 머금고 있다. 그 사이로 통하는 구불구불한 한 줄기 길은 어제 차로 달린 길이다. 불국사역 주변이라고 생각되는 근방에 하얀 건물 같은 것이 하나 보인다. 멀리 건너편에 담처럼 서 있는 일대의 산에는 구름이 하얗고 길게 끌려 있다. 그러나 이는 산허리 아래로, 조선 특유의 붉은 민둥산을 드러내며 산꼭대기에는 아침 햇살이 선명하게 비추고 있다.

"저것이 남산일까요?"

"그럴 겁니다."

"상당히 민둥산이군요. 이시야마데라(石山寺)[1]에서 다나카미야마(田上山)[2]를 보는 것과 좀 비슷하네요."

"민둥산인 것이 안타깝군요. 저것이 울창하다면 얼마나 좋겠

---

1) 일본의 시가(滋賀) 현에 있는 절.
2) 일본의 시가 현에 있는 산들의 총칭.

어요.”

“신라가 전성기였을 때에는 상당히 울창했겠죠.”

“왼쪽으로 보이는 것은 굉장한 바위산이네요.”

“딱히 이름은 들은 적이 없습니다. 적토가 비에 씻겨 산의 뼈대가 앙상히 드러나 있습니다. 경성 뒤쪽으로 있는 북한산도 저런 상태입니다.”

여행이라고 할 정도의 여행도 아닌 길에서 자주 놀라는
마음 일어나고 있구나
旅といふほどの旅にもあらなくにおどろき易くなりぬ心は

식사를 마치고 나와 아내는 의자에 올라탔다. 등나무로 만든 의자로 다리 두 개를 붙여 둘이서 앉을 수 있게 되어 있다. 하코네(箱根) 근처에서 보고 이상하게 생겼다고 생각했다. 그러나 올라앉아보니 흔들흔들하는 것이 결코 나쁘지 않다. 다만 익숙하지 않아서 조금 불안했다.

불국사를 왼쪽으로 하고 곧 산길로 접어들었다. 산은 토함이라고 한다. 석굴암이라고 하는 것을 보려고 한다. 길 양쪽에는 키가 낮은 잡목이 드문드문 자라고 있다. 극히 평범한 길이다.

계곡을 따라 길은 굽이굽이 올라간다. 내지라면 일하는 사람과 뭔가 이야기하며 갈 텐데, 말이 통하지 않으니 그야말로 침묵이다. 그래서 더욱 진행이 빨랐다. 계곡에 와서 작은 다리를 건넜다.

오른쪽으로도 계곡이 있다. 그 건너편에 작은 집이 한 채 보였다. 따라온 교타이 군과 의자 위에서 이야기했다.

"이런 곳에 사람이 용케 사는군요."

"저쪽에서 아래에 있는 밭이라도 갈고 있겠죠."

"저 밭에는 물을 끌어올 수가 없지 않을까요?"

"이 주변은 물이 있으면 밭을 갈겠지만 물이 없으면 그대로 말라버려도 상관없습니다."

"간밤의 이야기로는 여기에 호랑이가 있다고 하지 않습니까?"

"있다고 해도 여기까지 올 리 없습니다."

"오면 큰일이죠. 철포도 준비할 필요 없다고 합니다."

"옛날 사람처럼 혀라도 붙잡고 죽일 생각이겠죠."

간밤에 이야기했을 때 이곳에 호랑이가 있다고 했다. 이번 설에 호랑이 새끼가 세 마리 놀고 있는 것을 모로시카 씨가 분명히 봤다고 한다. 그로부터 8개월 지난 오늘, 그것들이 상당히 성장했을 것이다. 이를 알고 있으면서 편안하게 살고 있는 것은 왜일까.

> 호랑이보다 혹독한 이 세상에 살고 있으니 이 험한 산중
> 에도 사람이 살고 있네
> 虎よりもいみじきのゝ世にあればこの荒山に人の住むらし

해가 밝게 비춰 매우 더운데 구름이 바람 부는 대로 움직여 나무 위에 그늘을 만들어주기도 하고 또 내려와 가지를 흔들기도 한다. 밝음과 어둠, 초록과 흰빛이 즐겁게 교차하고 있다.

"가만히, 가만히."[3]

"천천히, 천천히"라고 조선어를 알아듣는 교타이 군이 주의를 주면서 일하는 사람과 이야기하는 것을 통역해줘 듣고 있었다.

"호랑이는 있는가?"

"있습니다."

"어디에 있는가?"

"저 계곡 있는 곳입니다."

"여기에서 세 번째의 계곡인가?"

"그렇습니다. 저기에 있습니다."

이 말을 듣고 바라보니 여기에서 그곳까지는 수 정(町)[4] 떨어져 있다. 계곡이라고 하기에는 조금 얕았다. 사이에 두 개가 있을 뿐으로, 올라가면서 보니 어느새 보이지 않고 꼭대기는 그냥 평지로 이어져 있는 것 같았다.

"저 계곡에서 산마루까지는 곧 나갈 수 있지 않습니까? 우리는 저 산마루를 통과할 거예요."

"낮 시간이고 이렇게 많은 사람들로는 아무래도 무리입니다."

우리는 일행 4명, 인부와 의자 나르는 사람이 2명, 교대할 사

---

3) 원문에 한국어 '가만히, 가만히'의 발음이 일본어 철자로 적혀 있다.
4) 거리 단위로, 약 109미터이다.

람이 2명, 전부 해서 10명이다. 이래서는 호랑이도 상당히 굶은 상태가 아니면 달려들지 못하리라.

드디어 정상으로 나오자 걸터앉을 수 있는 것이 놓여 있다. 조선인 여자 한 명이 사이다, 과일 등을 팔고 있다. 아이가 있다. 과자를 줬는데 달리 감사 인사도 없어 여자가 야단을 쳤다.

여기부터 예의 계곡으로 가는 길은 평지 연속이다. 그러나 대수롭지 않게 여기는 것 같았다.

"여기부터 일본해5)가 보이는데, 오늘은 안타깝군요. 바다에서 보는 일출은 매우 훌륭합니다."

건너편, 즉 일본해를 향하고 있는 쪽에는 구름이 두껍게 깔려 있었다. 그 방향의 계곡은 경사는 완만하지만 예의 낮은 나무만이 보였다. 대체로 풀이 나 있는 낮은 산이다.

해가 상당히 뜨거웠다. 쉬면서 바람을 기다리고 있으니 자전거를 짊어지고 앞을 지나가는 사람이 있다. 조선인인가 생각하고 있었는데 내지인이다.

"어디에서 오셨습니까?"

"경주에서 왔습니다."

"급한 일로 오셨습니까?"

"장사하러 왔습니다. 이 산 아래에 제빙(製氷) 회사를 짓고 있어서 거의 매일 지나다닙니다."

---

5) '일본해'는 한국의 '동해'를 가리키는 말로 원문에 '일본해'로 되어 있다. 일제강점기 당시의 분위기를 그대로 나타내기 위해 원문대로 번역함.

셔츠를 적시며 땀이 흐르고 있다.

> 편안히 앉아 가고픈 우리들이 부끄럽구나 사람들이 흘리
> 는 땀방울을 보면서
> 安けさを貪りながら行く群に恥ぢよと落つる人の汗かも

그 사람은 우리와 이야기를 하며 조금 쉬긴 했지만 다시 자전
거를 메고 목례를 한 다음 아래 계곡으로 내려갔다.

왼편의 산은 아직 높다. 인부가 의자를 들어올렸다.

"산 위까지 올라갑시다."

교타이 군이 말했다. 구름과 앞서거니 뒤서거니 하면서 의자
를 비스듬히 하고 오르기 시작했다. 관목의 가지와 의자에 탄 사
람의 어깨가 스칠 정도였다. 잠시 가니 정상에 도착했다. 모두
서서 사방을 둘러봤다. 아래로 계곡의 깊은 곳이 보였다. 남산에
걸친 넓은 들판이 보인다. 구름 조각이 여기저기 날고 있다. 이
와 함께 초목의 푸른색이 떠다닌다. 하늘은 잘 개어 있다. 파란
색 사이로 바람이 불어왔다.

> 해의 그림자 드리우게 하면서 높은 산에는 구름 오가는
> 것을 자유자재로 하네
> 日の影をさゝせ曇らせ高山は雲のゆきゝのほしいまゝなる

인부들도 기뻐하는 것 같다. 그중 한 사람이 뭔가를 손에 쥐고

우리에게 보여주러 왔다. 뭐냐고 물었다.

"무엇이오?"

"이것은 이름이 뭐더라? 곤충입니다만 그저 보통의 도마뱀 새끼입니다."

"이야깃거리가 없으니 저런 것을 애교랍시고 들고 오는군요."

"귀여운 데가 있군요. 도쿄에서는 조선인이 자주 사람들을 죽여 왠지 무서운 사람처럼 생각됩니다만."

"그런 자들이 먼 곳으로 돈을 벌러 가겠죠."

구름은 끊임없이 날고 있다. 구름 가는 방향을 좇아 돌아보니 한 줄기 빛이 보여 반짝이며 동요한다.

"일본해가 보입니다."

바다이다. 구름이 밑에 깔려 있어 파도 빛깔이 높게 눈에 비치는 것 같다.

> 반짝거리는 넓은 폭의 생명주 한 폭이 마치 바다와도 같
> 구나 너무나 하얀빛도
> 輝ける広幅生絹一筋は海といふべくあまり白しも

험난한 낭떠러지를 의자를 메고 가서 내려놨다. 절의 지붕이 발밑에 보였다.

"드디어 도착했군."

"석굴암이다."

기쁜 듯이 말했다. 마침내 석굴암 근처에서 내렸다.

구름은 여기저기 흩어져 있다. 동굴 근처는 나무도 풀도 반짝이고 있다. 길도 여기는 아름답다. 맑은 물소리가 들려왔다.

곧 굴에 들어갔다. 석굴이라기보다 석실 같은 느낌이다. 지나(支那) 흉내를 내서 진짜 석굴을 만들려고 한 것이다. 바위로 둘러싸인 산이 제법 많아 산허리를 잘라 우선 불상을 안치하고 사방을 돌로 쌓고, 천정을 돌로 두르고 그 위에 흙을 발라 석굴로 꾸민 것으로 보인다.

정면의 불상 앞에 서서 고개를 숙이기보다 먼저 올려다봤다.

높이 육 장(丈)6)의 석가불은 자애로운 눈을 하고 우리 중생을 내려다보고 있다. 단정하고 수려한 부드러운 얼굴부터 끝없는 그리움과 애정이 솟구쳤다. 올려다본 시선이 흐르는 듯한 옷 문양의 선과 함께 아래로 내려왔다. 가부좌를 한 아래의 팔엽연화(八葉蓮華)는 든든히 거대한 불상의 무게를 견디며 아직 여유를 보이고 있다.

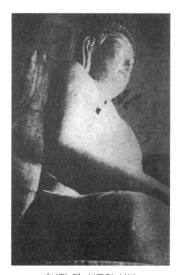

[사진 5] 석굴암 석불

---

6) 길이를 나타내는 단위로 1장(丈)은 약 3미터이다.

구부러져서 들어오는 햇빛을 받아 동굴 속 깊은 곳에 부
처는 푸근하게 계시네
曲り入る光を受けて洞ふかく仏はいますふくよかにして

옆으로 돌아 다시 올려다봤다. 봉긋한 볼과 둥근 어깨가 한층
선명하고 또한 부드럽다.

"정말로 훌륭하군요."

"이것이 돌인가 생각될 정도입니다."

"잘도 이렇게 부드럽게 만들었군요."

"동양 제일이라고 하는 것도 과장이 아니군요."

"전부터 알려져 있습니까?"

"우편배달부가 발견했다는 이야기가 있습니다."

자애로우신 모습을 바라보니 부처님께서 이곳을 쓸쓸하
게 여기지 않으신 듯
にこやかにおはせる見れば御仏はこゝを寂しと思さざるらし

노승이 한 사람 들어왔다. 아내가 기억한 조선어 한마디로 말
했다.

"사진 조금 베낍스다."

이런 말을 하고 잠시 서서 부처와 함께 사진을 찍었다.

전체를 둘러본 눈이 사방의 벽에 쏠렸다. 관음이 중앙에 있고

나한상과 보살상이 좌우에 양각된 것이 보였다.

"관음도 훌륭하지만, 이 보살은 어떻습니까?"

"이 옷 문양의 부드러운 느낌은 굉장하지 않습니까?"

"모습이 멋진 것은 정말로 그리스 주변에서 본 것 같군요."

"이런 것은 본 적이 없는 것 같네."

"정말로 좋습니다. 여기까지 올라온 보람이 충분히 있군요."

　　바람이 부니 안개가 되어 길게 자욱하구나 부처의 손에
　걸친 옷깃에도 깃들어
　　　風吹かば霞となりて棚引かむ仏の御手にかけませる御衣

더 올려다보니 위에 소불(小佛)이 있다. 더 올려다보니 천정이
보였다. 중심에 연꽃이 새겨진 둥근 하늘 모양이 풍요롭게 머리
를 감싸고 있다.

"재미있는 의장(意匠)을 생각해냈군요."

"경덕왕 때에 만들었다고 합니다만, 앞서 나가던 시대였군요.
마치 덴표(天平)⁷⁾시대 즈음의 건물 같군요."

"덴표도 훌륭하지만 이런 돌은 없을 겁니다."

아내가 다시 사진을 찍었다.

굴을 나가려다 정신이 들어 마음을 가다듬고 고개를 숙였다.
굴은 계곡을 향해 있다. 왼쪽의 절벽에 절의 지붕이 보였다. 산

---

7) 일본의 원호의 하나로, 729년부터 749년까지를 말한다.

위에서 본 그것이다. 그 계곡을 통해 나무와 풀이 난 산이 가느다란 주름을 만들며 계속 이어져 저 멀리 그리고 안개 속으로 들어갔다.

맑은 물소리가 매우 가깝게 들렸다. 교타이 군이 내려서 물을 마셨다.

"이것이 요내정(遙乃井)이라고 하는 거군요."

"탈해왕(脫解王) 때 순순히 마시지 않는다며 마시지 않았다고 하는 그 연못입니다."

"장유유서를 물로 가르쳐준다고 하는 것은 자연스럽지 못한 꾸며낸 이야기예요."

"유교에서 나온 억지는 싫어요."

절벽을 내려와 절에 들어갔다. 이미 돌아온 노승이 말이 통하지 않는 탓인지 잠자코 있다가 서둘러 환대해주었다. 방으로 올라가 경을 읽기도 하고 부처에게 인사를 드렸다.

"아"

교타이 군이 일어섰다.

"왜 그럽니까?"

"빈대입니다."

빈대가 뭔지 아직 모르는 나도 아내도 도망쳤다. 기어 다니고 있던 것이 아니라 죽은 것을 하나 발견한 것이다.

"풍성학려(風聲鶴唳)[8]라고 하는 거군요."

"그렇기는 하지만 어딘가에 있다가 들러붙으면 큰일이니까요."

호랑이보다도 대단한 것에 놀란 것이다.

의자가 도착해서 기다리고 있었다. 나와 아내가 올라탔다. 금세 내렸다. 나는 듯이 빨리 달렸다.

"가만히, 가만히."[9]

이렇게 말하며 교타이 군과 일행이 따라왔다.

---

8) 바람 소리와 학의 울음소리. 적을 두려워한 나머지 바람 소리와 학의 울음소리만 들어도 적이 추격하는 줄로 착각하고 도망친다는 사자성어.

9) 원문에 한글 발음으로 적혀 있음.

고릉고성(古陵古城)

불국사를 나온 차는 간밤에 온 길을 쏜살같이 달려 돌아갔다. 창으로 들어오는 바람이 여름의 상쾌함을 지니고 있다. 불국사역에서 멀어지자 길은 왼쪽으로 구부러졌다. 구부러지고 다시 구부러져 검게 우거진 소나무 숲이 가깝게 보였다.

차가 멈춰 내렸다. 모로시카 씨가 앞서서 숲의 어슴푸레한 가운데로 들어갔다. 따라갔다. 나뭇잎 아래에 맺힌 이슬이 차갑게 얼굴에 닿았다. 거기서 나오자 잔디가 푸르다.

잔디를 밟으니 벌레가 날아다닌다. 쳐다보니 앞에 공손히 서 있는 석상이 있다. 한쪽은 문관, 또 한쪽은 무관으로 이끼 낀 꽃이 점점이 하얗게 보인다. 또 한 쌍의 사자석상이 있다. 묘를 지키며 위풍당당하게 웅크리고 있다. 뒤의 소나무의 검은 빛이 짙어서 도드라져 보였다.

잔디로 덮인 둥근 무덤 주변에 십이지신상을 양각한 호석이 있다. 주위의 석상이 훼손된 것도 있지만 나머지는 거의 완전한 상태에 가깝다.

"관을 돌 위에 걸쳐놓고 물속에 매장했다고 하는 것은 뭔가 근거가 있나 봅니다."

"예로부터 괘릉(掛陵)1)이라고 하니까요, 뭔가 있었겠죠."

"어떤 왕의 능이라고 정해져 있는 걸까요?"

"아직 누구라고 정해져 있지 않습니다."

[사진 6] 괘릉석수(掛陵石獸)

묘의 주위를 둘러봤다. 잔디에 맺힌 이슬도 없을 정도로 화창한 날씨이다. 하늘을 우러러보다 다시 묘를 바라보니 밝은 기분과 어두운 기분이 교차했다.

돌로 지은 이 돌로 만든 짐승의 보살핌 속에 편히 쉬고 계실까 왕이 잠들어 있네
石の人石の獸にまもられて
安らかならむ王のねぶりは

이름조차도 알려져 있지 않은 무덤이지만 왕은 왕으로 역시 있는 것이로구나
その名だに知られぬ墳となりぬれど王は王にてなほあるものを

---

1) 앞에 석상을 놓고 아랫부분의 주위에는 호석을 둘러 십이지신상을 새겨 장식한 원형의 봉토분을 가리킨다.

둘러서있는 소나무 울창한 숲 사이로 비춘 햇빛 그림자
묘에 밝게 비추고 있네
立ち囲む松のしげみを境にて墳にひたさす日影のあかさ

능을 나와 옛길을 달리는 차는 계속 달려 토성 같은 곳의 아래에서 멈췄다. 내려 경사진 길을 모로시카 씨를 따라 올라갔다.

경사는 급하지 않고 또 길지도 않았다. 조금 미끄러운데 잠시 가니 위에 올라갈 수 있었다.

"여기가 월성(月城) 터군요. 밖에서는 토성이라고 합니다만, 납작한 돌이 깔려 있었습니다."

강을 따라 반월형으로 만들어진 것으로 동서 십수 정(町), 남북 몇 정의 구릉이다. 돌아보니 벗겨진 남산이 이곳을 지키고 있는 것처럼 우뚝 솟아있다.

신이 내리신 빛을 받아 드러난 나무도 없는 산이 여전히
계속 이어져 있는 걸까
そのかみの光を受けてあらはにも木もなき山のなほも立つ
かな

"진구 황후(神功皇后)2)가 목표로 했던 곳이 여기입니까?"

"게이코(景行) 천황3) 무렵에 축성했다고 하니까 그런 셈이죠."

---

2) 『니혼쇼키(日本書紀)』에 의하면 오진(応神) 천황을 임신한 채로 한반도에 출병해 신라를 정벌했다고 전해진다.

"황후가 개선했을 때 짚고 있던 지팡이가 싹이 났다고 하니 그 대나무 후예도 어딘가 있을 것 같군요."

"그건 알 수 없습니다만, 신라의 왕이 물이 거꾸로 흘러도 맹세는 바꾸지 않는다고 하는 강이 바로 여기로군요."

"압록강으로 하기에는 사실 너무 멀죠. 가까운 곳을 맹세하는 구실로 하는 것이 자연스럽죠."

> 황공해하는 왕을 아래에 두고 여유롭게도 미소 지으셨을
> 까 우리의 황후님은
> かしこめる王を下にゆたかにも笑み立たしけむわが大后

그 옛날 여기를 소유하고 있던 사람은 호공(瓠公)이었다. 탈해왕은 토함산에서 멀리 이곳을 바라보며 지형이 좋은 땅이라고 생각해 약취할 책략을 세워 가까이 와서 꺼진 숯을 옆에 묻어두고 호공에게 "여기는 내 조상의 소유지이므로 돌려주게" 하며 육박했다. 호공은 놀랐다. "원래 내 땅이다"고 항변했다. 그러나 탈해는 "조상이 대장장이로 여기 살았는데, 일이 있어 잠시 다른 나라로 떠났다. 그 사이에 빼앗긴 것이다. 그 증거로 땅에 소탄이 묻혀 있다. 파보면 곧 나타날 것이다. 이만큼 확실한 증거는 없다"고 주장했다. 땅을 파보니 과연 소탄이 많이 나왔다. 그래서 하는 수 없어 호공은 마침내 그곳을 떴다. 탈해는 이곳에 대신해

---

3) 일본의 12대 천황으로 전해지는 인물.

서 살았다. 그래서 여기가 자연스럽게 성곽이 된 것이다.

"여기를 잘 파보면 아직 소탄이 보일 겁니다."

"얼음 창고에 들어가 보면 있을지도 모릅니다."

웃으면서 성루를 내려오자 큰 궁형 모양의 것이 나왔다. 이것이 석빙고이다. 정교하게 화강암을 잘 쌓아올렸다. 신라시대의 것으로, 여러 차례 꾸며 올렸다고 한다. 언덕으로 된 길을 주의하며 올라가니 안에서 사람이 한 명 나왔다.

"야"

하고 인사를 하며 고개를 드니 천정 돌에 머리를 부딪쳤다.

"아니, 이런."

이런 말을 하며 미소를 짓고 나왔다. 그래서 머리를 부딪치지 않도록 조심하며 안까지 들어가 봤다.

"상당히 넓군요."

"사용된 돌의 수가 천 개 이상이라고 안내기에 적혀 있습니다만, 정말 그런 것 같아요."

나오니 더러운 조선 아이가 뭐라고 말하면서 가까이 왔다. 손에 들고 있는 것은 토기 파편 등 이곳에서 발굴된 것들이다. "사 주세요"라고 말했다.

　　몸을 다해서 쌓아올린 토성을 파헤쳐내어 얻은 것을 팔
　러 온 선조의 자손일세
　　身を尽くし築きし土を堀り分けて得たるもの売るその祖の子は

토성에 서 있으니 강이 또렷이 보인다. 숲이 보인다. 연못이 보인다. 탑이 보인다. 전망대가 보인다. 강은 서천(西川)과 북천(北川)으로, 숲은 멀리는 논호수(論虎藪), 가까이는 계림(鷄林), 연못은 안압지(雁鴨池), 궁전이 여기에 있었는데 이는 정원 연못이 남아있는 자취라고 한다. 탑은 분황사(芬皇寺)의 탑, 전망대는 첨성대이다.

"'계림에 바람 일고'라는 군가를 자주 불렀습니다만, 그 계림이 저것입니까?"

"그렇습니다. 황금 방울이 나뭇가지에 걸려 있어 닭이 자주 울고 있는 것을 호공이 보고 왕인 탈해에게 이야기했지요. 탈해가 그곳으로 가서 방울을 열어보니 동자가 나타났습니다. 그것이 김알지(金閼智)로 김씨의 조상이라고 하니 신성한 숲이라고 할 수 있습니다."

"나무는 어떤 것입니까?"

"느티나무, 회화나무, 팽나무 등입니다만, 잘 우거져 있지요. 안에 유래를 적은 비문이 있습니다."

"건너편의 논호수도 잘 우거져 있는 것 같아요."

"저것도 보호림이니까요. 김현(金現)이라는 남자가 호랑이로 변한 여자와 부부로서의 인연을 맺었죠. 호랑이를 죽이면 상을 받아 출세할 수 있다고 해서 여자가 본래의 모습으로 나타나서 남자에게 활을 맞아 출세의 보탬이 됐다고 합니다."

"잘 만들었네요. 들어보니 바킨(馬琴)4)의 작품 같군요."

"호랑이가 사람으로 변한 것도 절묘하군요. 남양에도 이런 이야기가 있다고 합니다만."

"그러나 인호전(人虎傳)처럼 사람이 호랑이가 된 것보다 자연스럽죠."

"첨성대는 머리 부분이 기울어 있군요."

"그게 바로 이야기입니다. 신라가 멸망하고 외로움을 견딜 수 없어 첨성대는 분향사의 탑과 안압지가 있는 곳까지 밤이 되면 나가서 새벽까지 옛날이야기를 했기 때문에 저렇게 기울었다고 합니다."

"예전의 나라에 어울리는 슬픈 이야기군요."

> 오랜 세월을 영화를 누렸기에 떠올리면서 이야기하는 말
> 이 다하는 날 있을까
> 年ながき栄にしあればおもひ出でて語る言葉の尽きむ日あ
> らめや

성 아래로 나온 자동차는 다시 구부러진 길을 달려 토성이 있는 곳에서 멈췄다. 내려 보니 큰 나무가 서 있다. 성을 둘러싸고 도랑이 있다. 이것이 포석정(鮑石亭)이라는 것을 곧 알아차렸다.

"여기에서 대대로 왕이 굽이쳐 흐르는 물에서 연회를 했다고 합니다."

---

4) 일본 에도시대의 게사쿠(戱作) 작자인 교쿠테이 바킨(曲亭馬琴, 1767~1848)을 가리킴.

"어디에서 물을 이 도랑으로 흘려보내고 있을까요?"

"높낮이도 그다지 없는 듯합니다만, 술잔이 잘 흘러갈까요?"

이런 이야기를 나눴다.

도랑은 짧은 쪽 지름이 약 15척, 긴 쪽 지름이 약 19척 정도 된다고 한다. 여기저기에 모두 서서 보고 있었다.

"이런 위치에 모두 앉아 있었겠죠."

"술잔이 돌아올 때까지 뭔가 만들지 않으면 안 되기 때문에 부담스러웠겠네요. 이런 상태로는 곧 돌아올 것처럼 보입니다."

"그보다도 힘들었던 것은 후백제의 견훤이 침입해서 여기에서 경애왕(景哀王)[5]을 살해한 일입니다."

"백제에서 여기까지 들어온 것을 조금도 몰랐다고 하는 것은 믿기 어렵군요."

"박씨를 무너뜨리려고 김씨가 내통했겠죠. 견훤이 곧 김씨로 후사를 잇고 돌아갔으니까요."

"왕이나 왕비들이 이 좁은 곳에서 한꺼번에 죽임을 당한 것은 너무 비참하군요."

흐트러져서 꽃잎도 핏줄기도 저버렸구나 흐르지 않고 괴
  어 가라앉은 술잔에
    うち乱れ花も血汐も散りにけむ流れよどめる觴の上に

---

5) 원문에 '景克王'으로 표기되어 있으나 '景哀王'을 잘못 쓴 것으로 보인다.

사람들은 모두 마음 아파하며 일어섰다.

나무 사이로 해가 점차 서쪽으로 기울었다. 경주를 떠날 시간
이 다가왔다.

경복궁

맴맴, 매미가 운다.

"매미도 다르군요, 내지의 것과는."

"어떻게 다릅니까?"

"내지의 매미는 맑게 들립니다만, 여기 것은 탁하군요. 마치 까마귀와 까치 소리가 다른 것과 같습니다."

"그렇게까지는 생각 못했습니다만, 그렇습니까?"

감탄하듯 이치야마(市山) 군이 말했다.

따가운 햇볕이 창에서 강하게 비쳤다.

"상당히 덥군요."

"도쿄와 비교해 어떻습니까?"

"이쪽이 덥지는 않은가요?"

"익숙해지지 않아 그렇게 생각되는 거겠죠. 외출할까요?"

"아무리 더워도 밖에 나가봐야해요. 구경하러 왔으니까요."

일행은 예의 세 사람과 이곳의 고노(河野) 씨, 도이(土居) 씨, 이치야마 군, 이노우에(井上) 군. 이중에서 교타이 군은 이미 경성통이다. 그리고 촌뜨기는 우리 부부뿐이다.

"정말로 고생 많으십니다. 날도 더운데 우리 때문에 다 알고
계시는 곳을 보러 오시게 해서."

진심으로 말했다. 자동차가 빨라서 얼마간 시원했다. 총독부
옆에서 내려 걷기 시작했다. 벌써 경복궁 안이다.

오른쪽에 크고 높은 문이 서 있다.

"저것이 광화문입니다. 원래는 궁전의 정면에 있었는데, 옮겨
서 저기에 있게 되었습니다."

"상당히 모양이 좋지 않습니까?"

"남대문보다 위치가 좋은 때문이겠죠."

궁전은 왼쪽에 있다. 복도가 사방을 둘러싸고 앞에 대문(大門),
뒤와 주위에 소문(小門)이 열려 있다. 들어가니,

"아니, 이곳의 풀은 사각으로 나 있군요."

이렇게 말하는 사람이 있다.

징검돌과 돌 틈새로 풀이 나 있었다.

"같은 길이로 잘 정리되어 있네요."

다른 사람들이 말했다.

복도 안쪽과 궁전 사이에 징검돌이 멋지게 깔려 있다. 거기에
발을 딛자 사이사이의 풀이 거의 무릎까지 닿았다. 그것을 헤치
며 나아가니 들판을 지나가는 듯한 느낌이다.

돌에 스미는 햇볕이 강해 고궁 정원의 높이 자란 풀에 이
슬도 맺히지 않는구나

石にしむ光をつよみ古宮の庭の高草露もあらざり

관리해야할 사람 없으니 자랄 대로 자라난 여름풀 끝이 모
두 하얗게 되었구나

掃ふべき人しなければ伸び切れる夏草の末は皆白けたり

[사진 7] 근정전

근정전이라고 하는 것이 이 정면에 있는 건물의 이름이다. 이
중의 기단(基壇)이 우선 눈에 들어왔다. 다섯 칸 사방의 겹겹이 층
을 이룬 대 건축이 마음을 놀라게 했다. 기둥은 두껍고 처마는
높다. 까치가 한 마리 갑자기 긴 꼬리를 끌며 기이한 소리를 내
며 날아갔다.

정면으로 돌아봤다. 위계에 따라 신하가 서열대로 서는 대리석 표가 세워져 있다.

> 행차하시는 왕을 삼가 받들어 풀처럼 옆에 나란히 엎드
> 렸을 여러 대신들이여
> 出でませる王を畏こみ草の如並み伏しつらむまへつぎみだち

돌계단이 나왔다. 2층으로 되어 있다. 이것이 세 개로 구분되어 있는데, 괴수 모양의 돌로 구분 짓고 있다. 한 쌍의 봉황과 구름 문양이 중앙의 판석에 그려져 있다. 밟고 올라가니 삼엄한 느낌이 계속 인다.

궁궐 안은 휑하다. 그러나 보라. 정면에 보석으로 꾸민 자리가 있다. 그 사방으로 진귀한 난간이 있다. 뒷면에는 다섯 산과 해와 달이 그려진 큰 병풍이 있다. 그 앞에 조각된 병풍이 있다. 우러러보니 지붕을 받치고 있는 무수한 두공(斗栱)이 오색 선명하게 모여 겹쳐 쌓아 올려져 있다.

"천수관음의 손 같은 모양이군요."

"이렇게 많이 잘도 만들었네요."

"참을성 좋은 것이 놀랍군요."

"단조로움이 위엄을 보이기에는 좋겠죠."

조용히 궁궐 내를 돌아봤다. 여기에서 조정의 의식이 행해졌다고 한다.

부족하게도 해가 비추는구나 구석구석의 먼지 보이고 소
리 하나 없는 큰 마루
乏しくも日さす隈々塵みえて音一つなし股の大床

뒷문으로 나오자 작은 방이 서너 개 있다. 수정전(修政殿)이라고
하는 곳도 있다. 더 나아가니 바닥 부분이 세 척 정도의 각진 돌기
둥이 많이 지탱하고 있고 물을 바라보고 있는 큰 누각이 보였다.

"저것이 유명한 경회루(慶會樓)입니다. 저 돌기둥은 48개나 된다
고 합니다."

"잘 정돈된 돌기둥이군요. 높이는 어느 정도 됩니까?"

"열다섯 척이라고 합니다."

"누각 위도 넓겠네요."

"정면 7칸(間)1), 측면 5칸이라고 적혀 있습니다."

연못도 넓다. 소리개가 떠올라 흰 점을 만들었다. 거기에 거꾸
로 그림자를 드리우며 누각의 멋진 모습이 비쳤다. 아름다웠다.

"대원군도 뛰어난 인물이군요. 임진왜란 때 타버려 2백 년이나
풀밭으로 있던 궁전을 이렇게 만들어 놓았으니까요."

"그러나 백성들은 이 때문에 완전히 힘들었다고 하지 않습니까."

고혈을 짜낸 백성의 핏줄기로 물들었구나 이 돌기둥의
빛이 붉은색인 것에도
絞られし民の血汐の色に出でばこの石柱あかくなりなむ

---

1) 길이 단위로 약 1.8미터임.

[사진 8] 경회루

뒤의 작은 문으로 들어갔다. 누각 옆의 나무를 지나가자 궁녀
의 거처였다고 하는 작은 방이 두셋 있다. 그 안에 들어가 봤다.
아사카와(浅川) 씨의 집고관(集古館)[2]으로 사용되고 있기 때문이다.
환대를 받았다. 바람이 시원하게 들어왔다.

> 장난삼아서 머리 올려 서늘한 바람 쐬었네 고려자기의
> 흰빛 작은 베개 삼아서
> たはぶれに頭を載せて冷をめづ高麗焼の白の小まくら

안쪽으로 들어가자 물빛이 눈에 비쳤다. 오래된 연못이다. 손
질이 잘 안되어 있어 풀도 나무도 멋대로 우거져 있다.

---

2) 조선의 예술품을 모아 전시한 사설 박물관.

바람이 부는 소리 들리지 않고 회화나무의 가지에 맺힌
꽃이 계속 땅에 떨어져
風の行く音はきこえぬ梢より土に頻散る槐の花は

맞은편 언덕에는 버드나무가 늘어서 있다. 나뭇가지가 파란
연기를 모으고 있다. 누각이 그 사이로 하나 서 있다.

연못과 함께 길이 구부러졌다. 나무 그늘이 점점 깊어졌다. 다
시 누각 하나가 보였다. 마지막 누각이다. 돌계단 위로 올라갔다.

돌아보니 연못이 길게 뻗어 있는 것이 보인다. 노목의 푸른빛
이 서로 겹쳐 보였다.

마침내 뒤에 있는 누각 문을 올랐다. 마지막 문이다. 아래로
인가가 나무 사이로 점점이 보인다. 그 뒤로 삼각산이 높게 솟아
있다. 그 왼쪽으로 북한산이 기괴한 자태를 보이고 있다.

"그야말로 그림 같군요."

"하늘이 맑으니 산의 윤곽이 눈에 띕니다."

"남화(南畵)의 부드러움보다 북화(北畵)의 예리함이군요."

매우 선명히 바위의 날카로운 모서리 따라 완전히 개었
구나 여름 높은 산자락
まさやかに鋭き岩の稜みせて乾きはてたり夏の高山

비원(秘苑)

겹겹이 쌓여 우거진 속에 나무 초록 빛깔을 보고픈 눈동
자에 반짝이고 있구나
重々と茂りかさなる木の色に緑に餓ゑし目こそかゞやけ

실로 진귀한 아름다운 초목이다. 입구에서부터 그러했다. 안쪽
은 어떨까.

오치아이 나오부미(落合直文)1) 선생님이 돌아가시고 나서 많은
세월이 흘렀다. 그때 선생님은 아직 젊었다. 지금의 자신에 비추
어 생각해보면 이제 노숙기에 들어가려고 하는 정도였다. 미망
인이 경성에 계셨는데, 사위인 시모고리야마(下郡山) 씨가 창경원
에 근무하게 되어 '원(苑)'은 묘하게 정감이 느껴지는 이름이다.
경복궁을 다 보고나서 우리는 차를 달렸다.

비원의 문은 상당히 크다. 그 아래에 시모고리야마 씨가 서서

---

1) 오치아이 나오부미(落合直文, 1861~1903)는 일본의 가인, 국문학자이다. 오치아
  이 나오부미가 조직한 단카 결사에서 본서의 저자인 오노에 사이슈가 학생 시절
  에 문학 활동을 했다.

기다리고 계셨다.

정면에 있는 건물은 명정관(明政官)이라고 한다. 경성에서는 가장 오래됐다고 한다. 크지는 않지만 예스러운 느낌이 넉넉하다. 보면서 오른쪽으로 돌았다. 벚나무가 양쪽에서 가지를 맞대고 있을 정도로 우거져 있다.

"꽃이 필 무렵은 굉장하겠네요."

고노(河野) 씨가 말했다. '내지인은 대신궁(大神宮)과 벚꽃을 벗삼아 걷는다'고 한다. 부산에서도 마산에서도, 또 이곳에서도 벚나무가 굉장하다. 벚나무가 있으면 흥취를 망친다고 생각되는 곳까지, 그것도 번잡할 정도로 심어 놓았다. 그리고 '이곳의 벚꽃이 최고다'고 말한다. 여기 벚꽃은 과연 장소에 잘 어울리고, 게다가 많다. 더운 해가 나뭇가지 사이로 새어 나와 예의 매미가 탁한 소리를 내며 울고 있다.

찻집에서 쉬고 있으니 볼일을 보느라고 늦은 시모고리야마 씨가 왔다. 그리고 드디어 비원으로 안내를 받았다.

비원은 일반인에게 관람이 허락되어 있지 않다. 허락을 받아도 날이 정해져 있고 시간도 정해져 있다. 즉, 목요일은 금지되어 있고 그 이외의 날도 오후 3시부터 허락된다.

기다리고 있으니 입구의 문이 열렸다. 줄을 지어 들어갔다. 두껍게 깔린 잔디의 초록빛과 높은 수목의 초록이 겹쳐 보였다.

아카사카(赤坂)의 교엔(御苑)2) 안과 같은 느낌이다. 길 양쪽에 우거진 초록 사이로 큰 소나무가 쑥쑥 솟아있다. 상당한 세월을 지나온 듯하다.

"여기서는 소나무는 능묘 외에는 없다고 생각했는데 많이 있군요."

"만들면 되는 거죠. 무턱대고 베어내 연료로 쓰니까 없어진 겁니다."

"산이 민둥산이 된 것도 그 때문이겠죠. 여든 개의 나무 종을 가지고 돌아온 적도 있다고 하니까요."

길이 구부러져서 전면에 누각이 보였다. 뒤에 산이 있어 망루 위에 망루가 서 있고 집 뒤에 집이 솟아 있는 것이 붉은빛과 초록빛이 중첩되어 있는 모양은 내지에서는 전혀 볼 수 없는 광경이다. 계단을 주섬주섬 올라갔다.

　　이끼가 하얀 층층대에 소나무 잎 어지러이 내려앉아 있
　　는데 낮은 시원하구나
　　　苔白き石のきざはし松の葉の乱れ降り来り昼ぞすゞしき

누각을 뒤로 하고 자리에서 일어섰다.

　　올라가면서 돌아보니 건너편 언덕에 있는 소나무에서 부
　　는 바람 정면에 맞네
　　　登りつゝかへりみすれば向つ丘の松より来る風まともなり

---

2) 일본 황실 소유의 정원.

다 오르자 궁궐 안 같지 않은 한 채의 집이 나왔다. 왕이 관리의 실생활을 살펴보려고 지나다니는 길에 지었다고 한다. 그 옆의 작은 누각은 정취가 좋다.

길은 내리막길이다. 경사가 완만하다. 노목이 길 양쪽을 덮어 매우 시원한 느낌이다.

내려가자 또 하나의 누각이 있다. 전면에 잔디, 뒷면에 노목이 초록으로 물들어 있다.

"여기가 매우 좋으니 그림을 그리고 싶다는 화가가 있었습니다."

"여기는 촬영도 사생도 금지죠?"

"그렇습니다. 그러나 머릿속에서 사생하는 것은 상관없겠죠. 조금 천천히 가자고 말하고 저곳을 응시하며 움직이지 않았습니다. 오래 기다려야 했기 때문에 질린 적이 있습니다."

자신도 참으로 사생하고 싶은 기분이 들었다.

기암(奇巖)이 있는 곳으로 왔다.

"이것이 약수라고 해서 유명합니다."

바위 사이의 작은 구멍에서 깨끗한 물이 솟아나고 있다.

떠서 마셨다. 차가운 느낌이 혀에 스며들어 기분이 상쾌해졌다. 한없이 바위에서 샘솟는 물이 바로 옆에 있으니, '물을 뜬 손에서 떨어지는 물방울에 흐려질' 걱정은 없다.

물 뜨다 지쳐 장난치고 놀면서 샘솟는 물에 손을 가져다
대고 눌러보기도 했네

掬び倦みし後のたはぶれ湧き口に掌あてゝ押へてもみつ

우리와 함께 물을 긷는 사람이 있다. 모르는 사람이지만 정겹다.

"어떤 신분의 사람입니까?"

살짝 물었다.

"조선인 관리 집안 같습니다."

"제법 품위가 좋지 않습니까?"

"정말로 훌륭합니다. 거동도 여유롭고 억척스럽지 않은 것이 이상적이군요."

"우리처럼 바쁘게 다니는 것은 하등한 것이죠."

"이곳의 사람이 보면 분명 그렇게 보일 겁니다."

시원하다고 서로 이야기하며 나와서 맑은 샘물을 같이
떠서 마시는 사람이여
涼しさを語らばともに語り出でむひとつ清水を汲み合ひし人

길이 송림 사이로 나 있다. 이름은 모르지만 하얀 꽃이 곳곳에 피어 있다.

"야마토에(大和絵)[3]에 자주 나오듯이 소나무 아래에 길고 가느다란 꽃이 그려져 있습니다만, 여기에는 그게 있군요."

"정말로 아름답고 품위가 있군요. 내지에도 있어 옛사람이 사

---

3) 일본화 중의 하나로, 헤이안 시대 국풍문화 시기에 발달한 일본적인 회화를 가리킨다.

생한 거겠죠."

"전반적으로 야마토에는 인물은 사생입니다만, 자연은 실제로 사생한 것일까요?"

"왠지 같은 산 같은 토성이 많지 않습니까?"

"사생을 할 정도로는 남아 있겠지만, 관찰하는 눈과 필력이 부족했겠죠. 마치 나이 든 가인이 사생을 하려고 해도 눈이 나빠 진부하게 되는 것과 마찬가지겠죠."

길은 오르막이 되기도 하고 내리막이 되기도 했다. 마침내 앞이 트인 곳으로 나갔다. 정자가 있다. 여기에서 바라보니 시가지 전체가 보이고 큰 문도 보였다.

"저것이 동대문입니다."

"고니시 유키나가(小西行長)4)가 입성했다고 하는 문입니까?"

"그렇습니다. 통행이 불편하다고 해서 입찰한다고 합니다."

"아깝군요. 누군가 취향이 있는 사람이 사서 방해받지 않는 곳에 세우지 않을까요?"

여기에서 맞는 바람은 특히 시원하다. 옷깃을 열고 바람을 쐬었다.

몇 번 돌았는데 길은 여전히 녹음 우거진 나무 사이에 있다.

---

4) 고니시 유키나가(小西行長, 1558~1600)는 전국시대의 무장으로 임진왜란 당시 일본군의 선봉장이었다.

해가 저물어 나무 보이지 않고 솔바람 타고 이끌려 향기
로운 꽃은 백합이런가
　木がくれて見えこそ分かね松風にたぐひて匂ふ花は百合らし

돌고 도는 가운데 처음의 입구로 오고 말았다. 아쉽기 그지없다.
시모고리야마 씨의 집이 바로 옆에 있었다. 돌계단을 오르는
모양이 절 같은 느낌이다. 온돌이 있는 넓은 방이 객실이다. 오
치아이 선생님의 미망인도 시모고리야마 씨의 부인도 이십여 년
만에 뵙는 것이다. 옛날 일이 생각나 눈물이 났다. 관동대지진
때 돌아가셔서 최근에 선생님의 작품집을 편집한 일, 스물아홉
미망인이 선생님과 영원히 이별한 일, 선생님의 기념회를 가을
마다 하고 있는데 종종 일이 있어서 참석하지 못한 일, 목포에
있는 장남 나오유키(直行) 군에 관한 것, 그 아들이 눈이 나빠 최
근까지 여기에 치료하러 와 있던 일, 핫토리 모토하루(服部躬治)5)
군이 죽은 일, 누구를 만나고 무엇을 듣고 하는 대수롭지 않은
이야기 고리가 끝이 없다. 무엇보다 선생님의 연세를 지나 내 자
신이 잘 살고 있다니. 또 아내도 늘 병이 있었지만 지금처럼 잘
지내고 있다. 게다가 둘이서 생각지도 못한 여행을 와서 생각지
도 못한 곳에서 생각지도 못한 사람들을 만났다. 또 미망인이 예
전의 아름다움 그대로이다.

5) 핫토리 모토하루(服部躬治, 1875~1925)는 일본 근대의 가인이다.

뜻하지 않게 만나 봬오니 더욱 기쁜 일이네 예전 얼굴 그
대로 그대 계시는 것이

　ゆくりなくまみえてさらに嬉しきはむかしの顔に君います
こと

장안사(長安寺)까지

"망군대(望軍臺)[1]가 벌써 보입니다."

나가이(永井) 군이 말했다. 자동차의 흔들림이 심해 숙이고 있던 머리를 들자 앞면 전체에 금은 빛깔의 산들이 장성(長城)처럼 이어져 있는 것이 보였다.

"여기서는 상당히 멀어 잘 보이지 않습니다만, 주의해서 보면 볼 수는 있습니다."

나가이 군이 계속 이야기했지만 뭐가 뭔지 나는 조금도 알 수 없었다. 그러나 다소의 공포감을 포함해 동경해온 그 산이 이미 가까이 서 있다고 생각하니 가슴이 뛰는 것을 금할 수 없다.

> 기다렸지만 무엇인지 모르고 오랜 세월을 보고 싶어한
> 산에 가까이 다가왔네
> 待つものゝ何かは知らず年長く目ざしゝ山の近くなりぬる

오늘 아침 일찍 경성을 출발한 나와 아내, 교타이 군은 기차에

---

1) 내금강에 있는 산봉우리.

서 상당히 더운 시간을 보냈다. 정오 조금 지나서 철원에 도착하자 도요후쿠(豊福) 군과 부인, 나가이 군이 마중 나와 있었다. 이 중의 나가이 군은 안내자가 되어 우리를 일만 이천의 기이한 봉우리를 가지고 있어 천하의 명산이라고 일컬어지는 금강산에 안내해주겠다고 했다.

전철은 작았다. 짐을 실어야 해서 조금 늦게 올라타니 먼저 조선인 토공들이 이미 많은 자리를 차지하고 있었다. 창을 통해 차 안 구석까지 비추는 햇빛이 매우 더웠다. 강한 마늘 냄새가 주위에 가득 찼다. 사람들과 함께 들어온 파리 떼가 날개소리를 강하게 내며 날아다녔다. 겨우 자리를 잡고 앉으니 파리가 마구 땀이 흐르는 얼굴을 스쳤다.

전철이 출발해도 바람이 들어오지 않았다. 토공들은 곧 도시락을 열고 시끄럽게 먹기 시작했다. 공복이기도 했고 역에서 산 도시락도 있지만, 더럽고 냄새가 나서 도저히 젓가락을 들 기분이 나지 않았다. 하는 수 없어 그저 바깥만 바라보고 있을 뿐이었다.

전철이 밭을 지났나 생각하고 있는 사이에 거친 들판으로 나왔다. 황무지를 개척해서 바위를 가능한 한 곳에 모아놓았다고 하니 그 노력 정도가 짐작이 가고 남는다. 그러고 보니 가을 풀꽃이 여기 저기 피어있다. 여랑화(女郞花)가 무더기로 피어있는 곳을 지났다.

황폐한 산의 기슭 넓은 들판에 여랑화(女郎花) 노란 빛
이 구름 끝자락 희미하게 보이네
荒山の麓野広み女郎花黄色なる雲の末ぼやけたり

또 밭이 나왔다. 햇빛의 열기와 마늘 냄새, 파리 날개소리가
코와 귀를 강하게 자극했다. 도시락은 도저히 먹을 수 없었다.

창도리(昌道里)까지 오자 모두 내렸다. 우리도 내려 기다리고 있
던 자동차에 올라탔다. 간신히 마늘 냄새와 파리 날개소리에서
풀려나 안심했다. 그러나 햇빛의 열기는 좁은 만큼 더욱 강했다.
자동차는 곧 출발할 준비를 했다.

"조금 기다려주게. 지금 도시락을 먹지 않으면 앞으로는 도저
히 못 먹을 것 같네."

조선말을 할 수 있는 나가이 군에게 이렇게 말해놓고 잠시 출
발을 미루고 식사를 했다. 바로 냄새를 맡고 예의 파리들이 떼
지어 몰려왔다. 입술을 움직이며 파리를 쫓으면서 지금까지의
공복을 단시간에 채우려고 하니 그야말로 정신이 없다.

이윽고 식사가 끝나고 차가 빨리 움직이기 시작했다. 대구에
서 경주까지 평탄한 길을 드라이브하면서 조선의 길은 어디나
마찬가지일 거라고 안심했는데, 이 길은 실로 의외였다. 굴곡이
특히 심하다. 이것을 자동차로 짓누르고 있기 때문에 요철이 심
하게 생겼다. 이런 곳을 포드가 질주했다. 왼쪽으로 흔들리고 오
른쪽으로 기울고, 앞쪽으로 비슬거리고 뒤쪽으로 넘어질 듯하다.

몸이 큰 파도 위의 배에 있는 것 같다. 모자를 벗어놓지 않으면 금세 망가져버린다. 모자를 무릎 위에 올려놓고 몇 번이나 떨어지려고 하는 것을 잡으며 흔들리는 머리를 똑바로 하면서 밖을 바라보고 있으니, 또 여랑화의 노란 구름이 들판을 덮고 있다. 그리고 변변찮은 묘가 있는 작은 산이 나타났다. 검은 바위가 많은 황폐한 들판이 이어졌다. 이것이 끝도 없이 반복되었다.

"한강 상류로 왔습니다."

나가이 군이 말했다. 차가 금세 깊고 어두운 계곡으로 굽어 내려가기 시작했다. '정말 무서운 길이구나' 하고 떨면서 위를 올려다보니, 앞에 깎아지른 듯한 절벽이 있다. 그것도 이런 경우 보통 내지에서는 너럭바위거나 혹은 연속되어 있는데, 여기는 그게 아니라 후지산(富士山) 용암 같은 검고 작은 바위가 겹쳐 쌓아올려져 하나가 떨어지면 모두 한꺼번에 무너질 것 같다. 이런 작은 바위를 모두 집적시켜놓은 듯한 신기한 바위 위에 다시 검은 흙의 단층이 있고, 또 그 위에 초목이 다소 자라고 있다. 위까지 다 보고 다시 아래를 내려다보니 한강물이 저 멀리 아래쪽을 바위 사이로 돌고 돌아 약간의 하얀 파도를 일으키며 흐르고 흘러 내가 탄 차가 건널 다리 밑에 이르고 있다. 이것이 경성에 가까워 그 큰 강이 되는가 생각하니 신기한 느낌이 들었다.

건너편 강가 절벽이 순식간에 높아졌구나 계곡 아래로
차가 떨어지지 않을지

対岸の崖の見る見る高まるよ谷底にまで落つる車か

다리를 다 건넌 차는 다시 굽이굽이 절벽 위로 나왔다. 여랑화가 핀 들판, 묘가 있는 산, 황폐한 들판이 다시 나왔다. 또 밭이 많은 산의 움푹 들어간 곳으로 와서 크게 우회하면서 산허리를 올라갔다. 계곡의 밭 가운데를 긴 곰방대를 주물럭거리며 지름길을 가면서, '저렇게 돌아가는 길을 가는 차에 타고 있는 게으름뱅이는 도대체 누구인가' 비웃는 듯한 표정으로 지나가는 조선인이 두셋 보인다.

우회한 차는 잠시 후에 고개에 이르렀다. 돌아보니 지금까지 지나온 들도 산도 하나로 보인다. 기울어가는 태양이 보랏빛으로 빛나고 있어 황량한 느낌은 사라지고 모든 것이 매우 그립게 보인다.

차는 적토(赤土) 빛이 눈에 띄는 길을 지나 빠른 속력으로 달렸다.

계곡을 내려가자 전면에 다시 고개가 나왔다. 우회하면서 올라갔다. 이번에는 앞선 것보다 높다. 한층 더 심하게 흔들리는 것을 참고 올라갔다 급한 내리막길을 내려가려 할 때 전면 일대에 검게 거무스름한 연봉(連峰)이 보였다. 나가이 군이 소리 높여 "망군대가 벌써 보입니다"고 외쳤다.

망군대는 안내기에 따르면 내금강의 최고봉이다. 따라서 어디에서도 보이는데, 여러 봉우리가 중첩되어 어느 것이 어느 것인지 조금도 모르겠다. 그저 전면에 균일하게 긴 성벽이 있다. 그

것은 강한 압박감을 일으켰지만 이 정도는 내지에서도 여행 중에 만났을 뿐만 아니라, 딱히 이름 있는 산이 아닌 적도 종종 있었다. 그래서 금강산이라고 하는 것도 의외로 평범하게 느껴졌다. 세계의 명산이라고 하는 것이 이런 것인가 하는 의외의 생각이 들었다.

차가 화살처럼 고개를 내려갔다. 넘어질 것 같은 몸을 일으켜 세울 새도 없이 말휘리(末輝里)라고 하는 동네가 나왔다. 다시 더욱 높은 곳을 넘었다. 강이 따라 달린다. 길이 갑자기 평평하고 미끄러워졌다. 차가 한층 더 빨라졌다.

진귀한 소나무가 줄지어 서서 겹겹이 가지를 늘어뜨리고 검게 잎을 포개면서 차가운 그늘을 계속 만들어주었다. 무의식중에 윗옷 앞을 여몄다. 지금까지의 더위는 어딘가로 사라져버렸다. 이조 태조가 활을 걸어뒀다고 하는 괘궁정(掛弓亭)이라는 사당이 있다고 안내기에 적혀 있는데, 자세히 볼 사이도 없이 송림이 금세 끝나버렸다. 탑거리(塔巨里)라는 작은 마을이 나왔다. 벗어났다. 논이 이어졌다. 그 안에서 유유히 날아다니는 것이 있다.

"아, 두루미다."

모두 일제히 소리쳤다. 재두루미이다. 엷은 먹색의 머리를 길게 빼고 같은 색의 날개를 태연하게 펴서 자동차 소리에 놀라지도 않고, 그러나 길과 반대 방향으로 날아가는 모양은 동물원이나 공원이 아닌 곳에서 처음 본 자신의 눈에는 분명 경이로웠다.

느긋이 날개 펼치고 날아가는 두루미 보소 저녁노을에
볏잎 끝 움직이지 않고
緩やかに翼のばしてたつ鶴に夕べの稲葉末も動かず

소나무 숲이 다시 이어졌다. 계곡이 나왔다. 쏴 하는 소리가
강하게 귀를 때렸을 때, 멋진 다리가 나왔다. 또 소나무 숲이 계
속됐다. 이번에는 한층 짙게 우거져 있다. 차가운 기운이 바람이
아니라 살에 스며들었다. 하늘도 보이지 않을 정도로 녹음 진 가
운데 평탄한 외줄기 길이 통해 있다. 자동차 속도가 점차 빨라졌
다. 조선 모양의 것과 내지풍의 집이 네다섯 채 나타났다. 분위
기가 완전히 바뀌어 차는 스위스에나 있을 것 같은 간소한 단층
건물 현관에 도착했다. 이것이 장안사 호텔이었다.

소나무뿐만 아니라 여기서는 큰 전나무도 섞여 짙은 녹음을
만들고 있다. 몸은 이미 금강산 속으로 들어가 있다. 시간은 벌
써 해질녘이다. 나뭇가지에 남아있는 불과 얼마 안 되는 저녁노
을이 매우 엷은 노란색을 보이고 둥지로 돌아가는 까마귀 떼를
물들이고 있다. 조선 각지에서 본 까치는 여기서는 거의 그 모습
을 볼 수 없다. 오히려 내지와 마찬가지로 깃이 새카만 까마귀가
마찬가지로 "까악, 까악" 울며 저녁 하늘을 가로지르고 있다.

"경성에서 전보가 와서 특별히 방을 비워놓았습니다."

지배인 이토(伊藤) 씨가 정중하게 이야기하며 맞이해 주었다. 보
니 이 방도 저 방도 모두 독일 인종인가 생각되는 사람들로 가

득 차 있다. 복도가 좁을 정도로 오가는 것도 모두 체격이 대단히 좋은 사람들이다. 작은 돌을 가득 깔아놓은 복도를 지나 본관에서 멀리 떨어진 방 한 칸에 가방을 내려놓았다. 도요후쿠(豊福)군, 나가이(永井) 군은 별도의 내지풍의 여관으로 갔다.

"그럼 내일 뵙겠습니다. 금강산의 진수를 하나 보러 가시죠."

창도리(昌道里)부터 자동차 안에서 몸이 좋지 않아 고개가 자주 앞으로 숙여지는 교타이 군은 옆에 있는 일본풍의 방에서 곧 잠들었다.

나와 아내는 서양풍의 방으로 들어갔다. 창에서 보니 계곡 물이 저녁 안개에 싸여 있어 하얗게 보였다. 길을 따라 소나무와 전나무가 검게 보였다. 그 사이로 건너편의 조선 여관에 희미하게 켜져 있는 등불이 보인다.

"식당으로 나와 주세요."

목욕을 마치고 몹시 허기진 몸을 이끌고 식당으로 갔다.

사람들은 벌써 모여 있었다. 댄스가 곧 시작되었다. 밤은 매우 조용하다. 어떤 소리도 여기서는 들리지 않았다. 아름답고 활기차게 울리는 물소리만이 주위를 지배했다. 춤추는 사람들은 재미있을 것이다. 계속 돌면서 질려하지 않는 것 같다.

　　창문을 통해 들어오는 안개에 켜놓은 등불 흔들리는 가
　운데 사람들 춤을 추고
　　窓に入るさ霧の中にともる火の光動かし人ら躍るも

어둠 깊숙한 산자락의 창가에 등불의 향기 춤을 추는 여
자의 복숭아빛 살갗에

闇深き山の窓辺の灯に匂ふをどるをんなの桃色の肌

내금강(內金剛)

눈을 활짝 뜨니 도쿄의 집이 아니다. 생각해보니 어젯밤부터 장안사 호텔에 있었다.

잠을 깨우는 물소리가 들려와 도쿄를 오간 꿈들은 산속
으로 돌아가버렸구나
呼びさます水の響に東京へ通ひし夢は山に帰りぬ

일어나서 복도에 나가자 여름을 쫓아내버린 차가움이 느껴졌다.
"이렇게 추운데 풀장에서 독일인은 수영을 하고 있습니다."
교타이 군이 말했다. 강 건너 절벽에는 차가워 보이는 안개가
가득 차 있다.

아침을 먹고 있으니 짚신, 지팡이, 아내가 타고 갈 의자도 준
비되어 있다고 했다. 현관으로 나갔다.

우는 매미의 소리가 아득하다 가지 우거진 전나무 높은
곳에 해가 조금 비추고
啼く蝉の声ほのかなり枝繁き樅の高處に日のすこしさし

도요후쿠 군 일행이 와서 기다리고 있었다.

"많이 기다리셨죠?"

"많이 기다린 것은 아닙니다. 30분 정도입니다."

"죄송합니다."

감사를 드렸다. 도요후쿠 군이 묵었던 여관에서는 빈대가 습격해 밤중에 일어나 큰 소동이 일었다. 빈대가 아직 있을지 모른다는 걱정에 자연히 일찍 일어났다고 하니 불쌍해졌다.

짚신을 오랜만에 신는 거라 실은 호텔 보이의 도움을 받아 지팡이를 손에 들고 첫 걸음을 내딛었다.

간밤에 끽연실에 앉아 있을 때 갑자기 흰옷을 입고 수염을 아무렇게나 기른 사람이 들어왔다. 이런 복장의 사람을 처음 보는 거라서 매우 이상하게 느껴졌다. 그 사람이 말했다.

"내무부장님한테 전보가 와서 안내를 하라고 명하셔서 찾아왔습니다."

배금림(裵錦林)이라고 적힌 명함을 내밀었다. 복장이 스님이 입는 것이어서 그가 장안사에서 왔다는 사실을 알 수 있었다.

배 군은 어젯밤과는 달리 오늘 아침은 하얀색 가벼운 복장을 하고 현관 앞에서 기다리고 있었다.

"오늘 여러 가지로 잘 부탁드립니다."

아내가 의자에 올라타자, 조선인 인부와 사진사 일행이 경쾌하게 출발했다.

강을 따라 올라갔다. 수목이 더욱 울창해졌다. 만천교(萬川橋)라고 하는 다리를 건너자, 경교(景敎) 중국 유행의 비(碑) 사진이 있다.

장안사의 가람이 보이기 시작했다. 누각의 문, 산문(山門), 본전이 층층이 겹쳐 있다. 뒤로 보이는 산이 바위에 노목이 섞여 있어 모습이 괴기했다. 거기에 청색, 초록색. 노란색, 홍색이 섞여 이른바 채루화(彩樓畵) 누각이 교묘한 조화를 이루며 한 폭의 뛰어난 그림을 완성하고 있다. 신라의 법흥 왕이 처음에 만들어서 몇 번인가 흥망을 거듭한 후, 이조의 세조 왕이 재건해 다시 역대의 존경과 신뢰를 받아 오늘날에 이르렀다고 한다.

누문을 빠져나와 돌계단을 오르고, 다시 누문으로 들어가 대웅보전 앞으로 나갔다.

육전칠각의 제일이라고 말할 정도로, 대웅보전은 매우 훌륭했다. 비첨(飛檐) 주동(朱棟)을 올려다보고 있으니 눈이 부시다.

짚신이 그다지 더럽지 않아 배 군의 안내로 본존을 모신 안으로 들어갔다. 금색을 칠한 부처가 미소 지으며 보고 있다. 그 위에 거의 수를 헤아릴 수 없을 정도로 채색을 한 두공(科栱)이 몇 겹이나 겹쳐 있다. 경복궁 근정전의 양식으로 단조로운 위엄을 생각해봤다. 명궁전(冥宮殿) 앞을 지나 본도(本道)로 나오자, 배 군이 말했다.

"건너편에 보이는 것이 석가봉, 그 다음이 지장봉, 다음이 관음봉으로, 각각의 아래에 암자가 있습니다."

하늘은 맑게 개어 구름 그림자도 머무르지 않는다. 그 아래에 너럭바위로 만들어졌나 생각되는 기이한 봉우리가 난립해 있다. 울퉁불퉁한 표면이 햇빛을 받아 여기 저기 하얗게 빛나고 있다. 산자락은 검은 밀림에 싸여 전혀 알아볼 수 없었다.

바다를 건너 찾아온 보람 있네 금강산 모습 눈을 바로
뜨고서 쳐다보고 있었네
海越えて来ししるしあり金剛の山の姿を正目にも見つ

오른쪽에 있던 강이 벌써 왼쪽에 있다. 이를 따라 평탄한 길을 갔다. 배 군이 여러 이야기를 했다.

"내지어를 제법 잘 합니다만, 어디에서 배웠습니까?"

"경성의 '카쿠코'에서 배웠습니다."

"'카쿠코'라고 하는 것은 무엇입니까?"

'카쿠코'가 가쿠코(學校)라는 것을 곧 알았다. 유성음을 무성음으로 하는 것은 이 사람들의 습관이다.

"그건 그렇고, 상당히 잘 하네요."

"그 정도는 아닙니다만, 불편은 없습니다."

"그 학교의 졸업생은 모두 당신처럼 승원(僧院) 생활을 합니까?"

"제각각입니다. 회사원이 된 자도 있고, '토소쿠'가 된 자도 있습니다."

나도 놀랐다. 갑자기 나가이 군이 말을 걸었다.

"'토조쿠(盜賊)'가 된 자도 있는 겁니까?"

배 군이 침착하게 대답했다.

"아니오, '토조쿠'가 아닙니다. '도조쿠(道屬)'입니다."

웃음소리가 사람들 속에서 와 하고 일었다.

"안내는 자주 합니까?"

"자주 합니다. 그저께도 지사, 어제도 부장, 그리고 오늘입니다."

"그럼 '밋카보즈(三日坊主)'1)이군요."

"네."

배 군이 아무리 일본어를 잘한다 해도 이런 내지어는 잘 몰랐다.

길이 바뀌어 강가로 나왔다. 강물이 매우 깨끗하고 붉은색을 띤 돌 위를 부드럽게 흘러내렸다. 배 군이 우선 수면으로 나온 돌 위를 밟고 건넜다. 이를 사람들이 따라갔다. 돌은 미끄러웠다. 내가 제일 먼저 미끄러졌다. 몸의 절반이 물속에 들어가 손에 찰과상을 입었다. 스님을 희롱한 벌을 바로 받는 느낌이다.

강을 다 건넜다. 또 다른 한 줄기 물에 길이 나 있다. 먼저 것은 백천(百川), 지금 것은 황천강(黃泉江)이라고 한다. 여기에 오자 오른쪽도 왼쪽도, 앞도 뒤도 모두 올려다볼 뿐인 괴기한 큰 바위여서 실로 깎아지른 듯한 절벽에 몇 겹이나 둘러싸인 곳으로 몸이 떨어진 것 같다.

---

1) 싫증을 잘 내서 사흘 이상을 하지 못하는 사람이라는 뜻.

길이라고 해도 흙이 없다. 모두 바위로 이어져 있다. 조선 소나무가 **빽빽**이 자라고 있다. 소위 '금강산의 소나무 열매'가 시커멓게 맺혀 있다. 덥지 않은 햇빛이 그 사이로 흘러나왔다. 알 수 없는 새가 울며 지나갔다. 강물 소리가 억수같이 쏟아지는 것처럼 사방의 벽에 반향을 일으켰다.

"이 강에는 물고기가 없습니다. 저쪽에 오리봉우리가 있기 때문입니다."

배 군이 말했다. 돌아보니 건너편 절벽 돌출된 곳에 한층 높게 오리 모양을 한 바위가 솟아 있어 분명 강 속의 물고기를 **빠짐**없이 바라보고 있는 모습이다.

신라의 왕자가 부왕이 나라를 세워 고려에 들어간 데에서 멈추지 않고 여기에 은둔했다고 적은 유적비가 콸콸 솟는 연못 건너편으로 보였다. 지옥에 죄인이 떨어지는 것이 보였다고 하는 지옥문이라는 봉우리가 보인다. 파란 연못과 검은 절벽을 보면서 나아가니 명경대(明鏡臺)가 진짜 거울처럼 솟아있다.

"놀랍군요. 이렇게 큰 너럭바위가 있다니."

"폭이 매우 얇은 것이 더욱 놀랍습니다. 끝 쪽은 폭이 전혀 없으니까요."

"전혀 없는 겁니까?"

"여기에 붉은색도 없었더라면 그야말로 굉장하겠네요."

지옥에 가보니 염라대왕 옆에 있던 큰 거울이 이것과 같은 형태의 동굴이었다고 한다.

주위에는 여전히 우두(牛頭), 죄인, 사자(使者), 판관 등과 같은 바위가 서 있다. 이름은 지옥 전문인데 의외로 밝고 쾌활함을 지니고 있다.

나가이 군은 작년에 왔을 때 자신이 해놓은 낙서가 여전히 있다고 크게 기뻐했다. 다가서서 바라봤다.

한데 모여서 하늘빛을 즐기는 큰 바윗돌로 둘러싸인 가운데 이내 몸이 서있네
さし集ふ天つ光を楽しみていはほの壁の中に身は居り

상쾌한 기분 바위 갈라진 틈새 풀 산들거려 아침바람 일구나 연못가 물위에서
すがやかに岩のさけめの草そよぎ朝の風立つ潭の水より

본도(本道)를 돌아서 굽이를 조금 돌자 다시 백천 언덕으로 나왔다. 이번에는 앞의 것에 질려서 안내해주는 조선인에게 모두 업어달라고 했다. 본도는 앞의 길에 이어지는 평탄한 길이다.

명연담(鳴淵潭)이라고 하는 것이 나타났다. 폭포가 하얗게 떨어졌다. 연못이 파랗게 아래에 물을 담고 있다. 그 안에 긴 바위와 작은 바위가 산재해 있다. 배 군이 말했다.

"큰 것이 '킨토 쿄시'의 유골입니다. 작은 것이 그 아이입니다."

"'킨토 쿄시'는 어떤 사람입니까?"

"달마대사와 불법을 다툰 사람입니다만, 졌기 때문에 여기에 몸을 던졌다고 합니다. 그 아이도 아비를 따라 떠난 거지요. 모두 돌이 되었습니다. 그 우는 소리가 지금도 들려온다고 합니다."

"'킨토'는 어떻게 적습니까?"

"'킨(金)'과 '토(洞)'라고 적습니다."

배 군이 글자를 적어 가르쳐 주었다. 예의 유성음이 생략된 형태다.

"'쿄시'는 어떻습니까?"

"'쿄(居)'와 '시(土)'라고 하는 글자입니다."

이렇게 적어 가르쳐 주었다. 아, '쿄시(居土)'를 말하는 건가. 우리는 '코지(居土)'라는 발음으로 읽으면서 배웠다. 이것은 오음(吳音)[2]이다. 한음(漢音)으로는 말한 대로 '쿄시'. '킨토 쿄시'는 킨도 코지(金洞居土)이다. '도(洞)'를 '토'라고 말한 것은 유성음을 싫어해서 나온 발음이다.

양쪽에 험준한 바위가 나와 있어 길이 급하게 구부러진다. 왼쪽 언덕 면한 부분에 삼존불이 단정히 서 있다. 길이가 열 척 남짓 되어 보이는데, 이끼가 표면에 끼어 있지 않아 선명히 보인다. 나옹(懶翁)의 작품이라고 한다. 뒷면으로 돌아가니 작은 불상이 다수 조각되어 있다.

"'킨토 쿄시'가 달마대사에게 지지 않으려고 해서 달마대사가

---

2) 한자음의 하나로 육조 시대의 중국 오(吳)나라 지방의 음이 전해진 것.

불상 세 개를 조각할 때 함께 조각한 것인데요, 결국 늦어서 앞의 연못에 몸을 던진 것입니다."

배 군이 설명했다. 조각이 잘 되어 있다고 감탄하면서 불전에 늘어서 모두 사진을 찍었다.

전면을 압도하는 큰 봉우리가 향로봉(香爐峰)이라고 한다. 작은 것과 큰 것이 서로 이어져 있는데, 몇 개의 소나무가 봉머리에 모여 있다. 높게 뛰어나 우뚝하게 솟은 모양은 제왕의 존엄함을 우러르는 기분이다.

바라보면서 걸어갔다. 누각이 또 보였다. 다리 건너 누각 하나가 먼저 눈에 띄었다. 붉은 초록빛 색채가 주변의 짙은 초록을 서로 비추고 있다. 누각 옆을 지나 돌계단을 올라갔다. 반야보전(般若寶殿)의 웅대한 건축이 있다. 그 뒤로 여러 건물이 겹쳐 보였다. 신라시대에 표훈(表訓) 대사가 창건했다고 하는 표훈사가 바로 이곳이다. 장안사 중에서도 대규모로 가람 양식이 구비되어 있는 듯하다. 뒤에 청학봉(靑鶴峰)이 좋은 배경을 만들고 있다. 모두 산에 기대고 계곡을 면하고 있어 형승에 맞춰 양식을 변화시키며 조화로운 색채를 이루고 있는 것이 내지와 다르게 의장(意匠)이 절묘하다. 세부에 이르기까지 매우 치졸한 것은 내지의 정치(精緻)한 것과 다른데, 전체적으로는 분명 이 지방의 절이 뛰어나다.

　　고요함 번져 산의 초록 녹음에 높은 누각의 복도의 붉은
　　빛이 스며들어있구나

静もれる山の緑に廊の朱高閣の丹の染み入れるかな

"보물을 보세요."

노승이 말을 해서 마루에 걸터앉았다. 큰 향로가 있다. 이조시대의 것으로 정교하다. "한 쌍 있던 것의 반쪽인가" 등의 쓸데없는 말을 했다. 거울도 한쪽에 있다. 대사가 일본에 건너갔을 때 손에 넣은 것이라고 한다. 비교적 새로운 일본 거울이다. 내지에서는 아시카가(足利) 말기와 도쿠가와(德川) 초기의 것은 딱히 존귀하게 여기지 않는데, 곳에 따라서는 물건의 가치가 달라 여기에서는 보물로 소장되어 있다.

절을 떠나 예의 평탄한 길을 계곡을 따라가니 햇빛이 점차 뜨거워졌다. 괴이한 봉우리가 갑자기 눈앞에 나타났다. 계곡이 가늘어졌다. 가늘어질수록 물은 세차게 흘렀다. 그러나 흰빛을 띤 바위가 물속에 침식되어 예리한 각이 없어졌다. 물이 세차게 흐르지만 성나 소용돌이치는 것은 아니다. 둥그렇게 돌아 부드러운 상태로 떨어진다. 내지의 급한 물살과는 취향이 너무 다르다. 금강산은 안팎으로 모두 물이 이런 분위기이다. 산의 특색은 괴기함이라는 단어로 충분한데, 물의 특색은 부드러움에 있는 것 같다.

완만한 흐름 돌아서 발밑으로 멀리 산에서 물이 흘러나와서 여기까지 왔구나

ゆるやかにめぐらひ足もとに遥けき山の水流れ来る

부드럽구나 떨어지는 물인가 이 산속에서 마치 진정한
마음 보여주는 듯하네
柔らかに落ち来る水かこの山のまことの心示す如くに

어슴푸레한 바위에 반사되어 눈에 강하게 그림자 드리우
며 고즈넉한 연못가
ほの白き岩の反射の目に強き日影しづめて静かなる淵

큰 반석 한쪽을 성긴 발처럼 물이 흐르고 있다. 그 반석 위로
'봉래풍악원화동천(蓬來楓嶽元化洞天)'이라는 여덟 문자가 초서로 적
혀 있다. 배 군이 지팡이 끝으로 위를 스쳐 지나면서 읽어 들려
줬다. 아내가 급히 의자에서 내려 다가가 보려다 미끄러운 돌 위
에 금세 다리가 미끄러졌다.

만폭동(萬瀑洞)이라고 하는 이름은 이 주변에서 시작되었다. 여
덟 연못이 여기에서 위로 이어져 있다.

성긴 발 사이로 둥그렇고 움푹 파인 곳이 있다. 배 군이 조금
머리를 기울여 넣어 보았다. 물이 금세 뿜어 나왔다. 부처가 머
리를 씻었다고 해서 세두분(洗頭盆)이라고 한다. 선녀가 비파를 뜯
었다고 하는 비파담(琵琶潭), 그 그림자가 비쳤다고 하는 영아지(映
娥池)가 차례차례 나타났다. 변화무쌍하다.

끝을 모르고 계곡을 흐르는 물 보는 곳마다 눈길이 가는
대로 돌아서 오는구려
　極みなき谷はた水か目を遣れば目を遣るまゝに廻らひ来る

절벽 근처에 있던 찻집에 들러 점심식사를 했다. 앞에 있는 법
기봉(法起峰)의 험준한 절벽 높은 곳에 지어놓은 절 하나가 보인다.

"저곳이 보덕굴(普德窟)입니다. 저 동(銅)으로 만든 기둥을 보세
요. 저것 하나로 저 전체를 떠받치고 있는 겁니다."

나가이 군이 자기 절처럼 이야기했다. 신라시대의 건축이라고
하는데 썩지 않고 잘 지탱하고 있다는 생각이 들었다.

강을 건너 험준한 절벽을 기어올랐다. 맨 앞은 처음부터 나가
이 군이다. 왼쪽으로 돌아 오른쪽으로 구부러지면서 위로 계속
올라갔다. 땀으로 몸 전체가 축축하다. 상당히 올랐을 때, 절이
자신과 나란히 가고 있는 것 같았다.

절은 이제 상하 두 채가 되었다. 높은 곳으로 올라가 보았다.
노승이 한 분 계셨다. 나가이 군이 뭔가 이야기했다. 배 군이 뭔
가 이야기했다. 답이 빨리 나오지 않았다. 빠져나가 앞에 있는
정원으로 나갔다. 좁기는 하지만 수목이 조금 있다. 그 끄트머리
에서 내려다보는 만폭동이 한눈에 보인다. 굴절된 계곡, 그 사이
로 떨어지는 계류, 어떤 것은 파랗게 떨어지고 또 어떤 것은 하
얗게 떨어진다. 양 절벽의 어린 나무와 노목의 푸른 잎 검은 잎
이 물에 반사되어 그림이라기보다 자연이고, 자연이라기보다도

그림이다. 이를 벗어나서 위를 올려다보자 전면에 괴기한 봉머리가 높이를 겨루며 하늘을 찌르고 있다. 큰 향로봉이 특히 험준하게 솟아 있어 끝없이 넓은 너럭바위가 옆에 조금 주름진 상태로 수직으로 뻗어 있다. 그 주름 사이로 푸른 소나무가 곳곳에 어지러이 서서 하늘 바람에 살랑거린다.

이끼조차도 끼지 않은 바위가 서로 겨루며 맑게 개인 하늘은 가을색으로 물들고
苔だにも蒸さゞる岩の競ひ上り乾けるみ空秋づきにけり

"무서운 곳을 보여드릴까요?"

나가이 군이 예의 말투로 말했다. 그의 안내를 받아 아래에 있는 절로 내려갔다. 복도에 서서 한 장의 초록 판에 손을 얹어 끌어올렸다.

"이제부터 들여다보세요."

가만히 눈을 대고 들여다보고 놀랐다. 예의 동으로 만든 기둥 바로 위가 아닌가. 둥근 기둥이 위에서 아래로 웅장히 서 있다. 잘못 본 건지 아래쪽은 희미하게 보이고 선명하지 않다. 오래 보고 있을 수 없었다. 전체적으로 덮개를 덮고 그 위를 지나 부처님 앞으로 가서 절을 올렸다.

"저 스님은 이 절벽을 올라갔다 내려갔다 하는 겁니까?"

"아니오, 나이가 들어 그건 할 수 없습니다. 올라간 이후 내려

오지 않습니다."

"음식은 표훈사에서 운반하겠네요. 그런데 이런 절벽을 음식을 가지고 올라가는 건 힘들 거예요."

이리 지내며 늙어가는 사람은 즐겁겠구나 젊었던 옛 시절을 그리워하며 지내

かくながら老い行く人は楽しからむ若き昔の世をしのび
つゝ

간신히 절벽을 내려가 강을 건너 본도를 돌아갔다. 해는 제법 높이 떠 있다. 유유히 걸었더니 계곡의 울림도 새의 울음소리도 매우 상쾌하게 들렸다.

부석부석하는 소리가 들렸다. 문득 멈춰서 보니 작은 줄무늬 다람쥐가 낙엽 사이에서 먹이를 찾고 있다. 한 마리인가 생각했는데 또 한 마리 있다. 부부일 것이다. 작은 눈을 둥글게 뜨고 이쪽을 보고 있다.

"아, 다람쥐가."

모두 멈춰 섰다. 그러나 다람쥐는 도망가려 하지 않았다.

둘이 있지만 역시 외로운 것은 견디지 못해 산속의 짐승들도 사람에 다가오네

ふたりをれど猶寂しさに堪へざらむ山のけものゝ人に近づく

장안사 근처까지 돌아왔다.

"절에 계신 분들은 아내가 없습니까?"

"아내가 없는 것이 아닙니다. 아내가 있는 것도 아닙니다."

조선의 사람은 정직하다. 절에 돌아오니 스님들이 저녁을 먹고 있다. 일렬로 줄지어서 큰 사발을 들고 갖고 온 것을 받고 있다. 잠시 서서 보니 우리를 빙긋이 보고 있는 스님도 있다.

승방에 가까이 가서 이 절의 과자를 대접 받았다. 절의 차도 마셨다. 차가 아니다. 무슨 이름인가 나무의 싹이라고 한다.

누각 문을 나왔다. 백의를 입은 여자 두 사람이 배 군을 보고 웃으며 도망갔다.

"왜 웃는 겁니까?"

"경성의 하이칼라 풍속을 하고 있어서 부끄러워 도망가는 겁니다."

"어떤 신분의 사람입니까?"

"저 사람들은 운전수의 아내와 첩입니다만, 저렇게 함께 지내고 있습니다."

아내와 아내가 융화하고 있는 것은 에도(江戸) 시대 닌조본(人情本)[3]의 정취가 재현된 것 같다.

산에 구름이 내려와 걸렸다. 차갑고 시원하게, 조금 더웠던 하루는 다시 서늘하게 저물어갔다. 발의 피로가 눈에 띄게 느껴졌다.

---

3) 일본 에도시대에 일반 서민의 애정을 중심으로 그린 통속소설.

온정리(溫井里)까지

아침식사를 마쳤다. 자동차가 이미 와 있다. 특히 방을 비워준 지배인 이토(伊藤) 씨에게 깊이 인사를 드리고, 예의 여섯 명이 올라탔다. 오늘은 온정리를 향해 외금강을 보고자 한다.

탑거리를 통과하는데 전날 본 두루미도 없다. 말휘리(末輝里)에 와서 넓은 길이 금세 좁은 길로 바뀌었다. 이쪽은 풀이 많고 통행이 적은 길인데, 평탄하기는 하다.

산을 오른쪽으로 두고 평야가 있어 곳곳에 느릅나무, 버드나무가 줄지어 있다. 울창하게 우거진 속으로 까치가 울었다.

연기가 조금 낀 버드나무 위에 무거울 만큼 늘어뜨린 하늘은 비가 올 듯하구나

うち煙る柳の上に重々と垂れたる空は雨降らすらし

내금강의 기이한 봉우리도 대체로 구름에 덮여 있다.

"오늘은 어떤가요?"

물으니 조선인 운전수가 부드럽게 말했다.

"어떨까요?"

이런 말을 하고 있을 때, 상당히 긴 뱀 한 마리가 가로질러 갔다.

"저것이 가로지르면 비가 내린다고 합니다."

이런 말을 하면서 곧 차를 질주시켜 그 위를 통과해버렸다. 아마 긴 몸이 한 번 꼬여 하얀 배가 크게 요동쳤을 것이다. 어제 저녁 무렵 장안사에서 이토 씨의 여동생이 말했다.

"안녕하세요. 제법 길이가 되는 것이 나왔다 숨어버렸습니다."

"어디로 숨었나요?"

"저쪽 풀 속으로 들어가 버렸습니다."

내 방에서 그다지 멀지 않은 풀무더기를 가리켰다.

"자주 나옵니까?"

"종종 나옵니다."

별로 기분 좋은 이야기는 아니었다. 그러나 결국 뱀을 다시 보지는 못했지만 여기에서 그보다 조금 작은 것을 봤다. 그러나 이것이 유일한 것으로, 이 이후 30일 남짓 여행하고 있는 동안에 한 번도 뱀이라는 것을 보지 못했다.

"화전민, 화전민."

교타이 군이 외쳤다.

산 가운데로 난 길에 화전민 같은 인가가 보였다.

> 옛날 그대로 살고 있으면 옛날 모습 그대로 사람들은 한
> 탄을 하고 있는 것일까

古へのまゝにし住めば古へのまゝの嘆きを人はすらむか

아주 가까운 곳에 저런 험준한 산이 있으리라고는 생각도 못
할 정도로 평범한 밭이 이어졌다. 조금 폭이 넓은 냇물이 나왔
다. 이를 따라 거슬러 올라가며 차가 달렸다.

신풍리(新豊里)에 도착하자 큰 길은 다하고 오솔길이 나왔다. 신
풍리라는 이름은 경사스러운데, 사실은 한촌(寒村)이다. 쉴 만한
곳이라고 해봐야 두 채 정도가 의자를 받아줬다. 벽에 '원상한산
석경사(遠上寒山石逕斜)'라고 낙서가 되어 있는데, 제대로 된 것은 시
작하는 구뿐이다. 이어지는 구 이하는 완전히 엉망이다.

자동차는 돌려보내고, 여자들은 의자에 앉고, 남자들은 걷기
시작했다. 그래서 장안사에서부터 이미 짚신을 신고 있다.

우연히 초가집 한곳에 들어갔다. 부부만 살고 있는 듯했다. 여
자는 계속 다듬이질을 하고 있었다. 갑자기 내지인이 나타났기
때문에 손을 멈추고 이쪽을 바라봤다.

"계속 다듬이질 하는 것을 보여 주시오."

남편에게 말을 했지만 통하지 않았다. 간신히 알아들었는지
여자는 다시 다듬이질을 했다. 짧고 앞이 조금 두꺼운 막대를 좌
우 손에 들고 교대로 옷을 올린 판을 때린다. 통통, 울리는 소리
가 묘하게 외로웠다.

완만히 비탈진 길이었다. 꼭대기까지 올라갔다. 온정령(溫井嶺)

이라고 한다. 심한 돌길이다. 별로 높지는 않다. 분수령이 된 것 같은데, 지금까지와는 다른 강이 걸어가는 방향으로 흘렀다. 괴이하고 기이한 산의 모습이 오른쪽으로 차츰 보이기 시작했다. 몸은 다시 금강산 연봉 사이로 들어가고 있었다.

내려오면서 오른쪽으로 괴이한 봉우리가 보이기 시작했다. 계류는 기암 사이를 상쾌하게 흘러내렸다. 가끔씩 흐르다가 연못이 된다. 노목이 너무 짙어 검을 정도의 그림자를 위에 떨어뜨리고 있다. 한하계(寒霞溪)라고 하는 이름도 헛된 것은 아니다. 계곡 방향의 괴이한 봉우리 하나를 관음연봉(觀音連峰)이라고 한다. 오묘한 백운(白雲), 금동(金洞), 금계(金鷄) 등은 연봉 중의 무명산에 지나지 않는다. 뭉게뭉게 비로 내릴 것 같은 구름이 낮게 떠돌면서 이따금 긴 폭포를 드러낸다. 제법 클 텐데 멀리 떨어진 이곳에서는 그저 계속되는 실이 늘어진 정도로밖에 보이지 않는다.

돌길에 발을 채이면서 나아가니, 왼쪽에 '구(舊) 만물상(萬物相) 입구'라고 하는 나무로 만든 표식이 있다. 금세 용기가 나서 바로 헤치고 들어갔다. 바위 사이로 숨어들려고 하다가 올려다보니 정말로 놀라운 것이 있다.

계곡이 새하얬다. 안개비가 매우 짙어졌다. 때마침 바람이 불었다. 안개가 조금 걷혔다. 전면에 서너 개의 기암이 돌출해 솟아 있다. 어느 것이고 폭은 매우 좁지만 높이는 눈에 띄게 높았다. 비틀어진 것, 깎아지른 것, 검처럼 생긴 것, 도깨비 얼굴처럼 생긴 것, 산기슭이 안개에 가려 중천에 떠올랐다.

"굉장한 광경이군요."

날카롭게도 서 있는 바위 끝에 안개 하얗게 끼어 아침
하늘이 세로로 찢기었네
鋭くも立つ岩の穂尖に霧しろき朝の空は縦に裂けたり

계곡을 내려가며 절벽을 따라가는 동안에도 위에 있는 바위에
서 눈을 떼지 못했다. 철책을 짊어지고 올라가는 동안에도 얼굴
은 여전히 위를 향했다. 다 올라가자 바위 사이로 나왔다. 여기
에서 올려다보면 한층 무섭다. 이런 기괴한 돌은 보기 드물다.

"아래를 보면 눈이 멀 것 같습니다. 정말 무서워요."

교타이 군이 말했다. 바위 틈새로 떨면서 조금 아래를 내려다
봤다. 안개가 가득 끼어 있어서 이제는 아무것도 보이지 않는다.
오로지 계곡물이 콸콸 쏟아지는 소리만이 울려 퍼졌다. 바람이
한 번 불고 안개가 조금 흩어지자 전면에 괴이한 큰 봉우리가
나타났다. 봉우리는 많은 바위가 모여 저절로 만들어진 것처럼
각 면에 많은 주름이 잡혀 있고, 돌출된 곳에 하얀 것이 눈이 쌓
인 것처럼 점점이 있다. 모두 이끼로 보인다. 그리고 전체적으로
태연히 서 있는 큰 성곽 같은 모습이다. 안개가 지나가자 모두
숨었다. 조금 지나니 일부분만 보였다. 그리고 곧 전체가 보였다.
다시 숨었다. 이번에는 꼭대기의 소나무들만 보였다.

"옥녀봉(玉女峰)이라고 합니다."

조선인 안내자가 말했다.

"신(新) 만물상까지 가보시겠어요?"

"이 안개 속에서 괜찮을까요?"

"조금은 보일지도 모릅니다."

마음을 단단히 먹고 다시 앞쪽의 계곡을 내려갔다. 내려갔다 올라가자 건너편이 조금 보였다. 앞의 바위산과 옥녀봉 사이에 한 줄기 물줄기가 있었다. 이쪽 산속을 따라 다시 한 줄기 물줄기가 있다. 이것이 합류해서 안개를 만들고 있는 것이다. 그 사이를 뚫고 이쪽 계류를 따라 올라갔다.

> 물에 잠기는 짚신이 무거워라 바위 사이를 어지러이 흐
> 르는 계곡의 물줄기여
> 浸しゆく草鞋の重さ岩の間を乱れ流るゝ渓の流に

군데군데 철선이 있다. 이것을 잡고 앞으로 나아갔다. 물이 많아 바위가 미끄러워 종종 미끄러졌다. 아내는 아무래도 계속 갈 수 없었다. 기다리라고 하고 더 앞으로 나아가니 자연스레 산에 올랐다. 여기에도 곳곳에 철선이 깔려 있다. 손으로 잡으니 비가 내려 수증기로 땅이 부드러워져 발 디딜 곳이 없었다. 기댈 수 있는 돌을 골라 의지해 나아갔다. 심해지자 안내자가 밀어줬다.

"벌써 절반이나 온 건가?"

"아니오, 아직 삼분의 일도 못 왔습니다."

앞으로 힘들게 나아가다 잠시 후에 다시 물었다.

"아직 절반이 안 됩니다."

완전히 실망해버렸다. 내지라면 삼분의 일이 아니어도 용기를 북돋우기 위해서라도 '절반이다' 정도로 말해준다. 그런 배려도 없이 정직하게 말하면 거짓말이 아니라 배 군이 앞서 말한 '유처무처(有妻無妻)' 문답과 마찬가지이다. 물론 상관없지만, 상황에 따라서는 조금 원망스럽게 생각되기도 한다.

> 원숭이조차 익숙해지지 않을 언덕을 겨우 올라 마침내
> 안개 속으로 들어갔네
> 猿だになづまむ崕をあへぎ上り遂に入りけり霧の真中に

그러나 드디어 조금 평탄한 길로 나왔다. 모서리가 튀어나와 있다.

"여기에서 보면 전체를 알 수 있습니다."

이런 말을 해줘서 기다렸다.

많이 오가던 안개가 무거워지고 조용해졌다. 좀처럼 움직일 것 같지 않다. 지금 기다리는 것은 바람뿐이다.

수목이 울창하다. 바위산 절반이 삼림이다. 자주 보지 못한 나무도 가득 자라있다. 그 사이에 점점이 단풍나무가 있는데, 모두 자연스럽게 재미있는 모습으로 굴절되어 있다. 이것이 단풍이라면 어

[사진 9] 금강산 만물상(萬物相)

떨까 생각해봤다. 이들 나무에서 물방울이 계속 떨어졌다. 안개가 정말로 비가 되는 모양이다. 바람, 바람, 바람. 기다리는 것은 바람이다.

반 시간 정도를 기다리니 미풍이 일었다. 안개가 조금 움직였다. 앞의 계곡을 사이에 두고 전방에 창끝 같은 것이 울창하게 일렬로 늘어서 있다. 순간, 짙은 안개가 밀려왔다. 환영은 곧 사라지고 원래의 잿빛 흰 막으로 돌아왔다.

다시 한 번 보고 싶었다. 다시 바람이 일면 볼 수 있을 것 같아 기다리고 있으니 그저 안개 물방울 소리만 들리고 바람은 조금도 느껴지지 않는다. 하는 수 없어 다시 절벽을 내려갔다.

나무에 기대 풀숲을 헤치면서 더욱 그리워 잠깐 봤던 것
들이 꿈은 아니었을까
木にすがり草をとりつゝ猶思ふほの見し事は夢かあらぬか

아래에서 개가 올라와 사람이 그리운 듯이 꼬리를 흔들었다. 보기 드문 일이라고 생각하고 있을 때, 서양인 두 사람이 올라왔다. 조선어를 사용해 안내자에게 물었다.

"안 되겠어."

이렇게 말한 듯한데 신경 쓰지 않고 올라갔다. 조금 내려가니 다시 두 사람이 왔다. 이번에는 안내인이다.

"어떻습니까?"

"아무래도 안 되겠습니다."

"돌아갈까?"

"갈까?"

두 사람은 서로 이야기를 나누고 있었다.

"모처럼 왔으니 가봅시다."

이렇게 이야기하면서 올라가기로 결정하고 스치듯 지나 올라갔다. 이 사람을 나중에 만났다.

"아주 조금 보이고, 결국 안 보였습니다."

이 날은 누구도 우리와 같았던 모양이다. 강 속을 퐁당퐁당 지나 구(舊) 만물상까지 돌아왔다. 여기 바위는 삼선암(三仙巖), 귀이암(鬼而巖)이라고 한다. 바위 모서리에 잠깐 걸터앉아 다시 여기서 조망했다.

안개가 조금 걷혀서 교타이 군을 놀라게 한 계곡이 보였다. 그리 깊지는 않지만 가운데가 깊이 파인 형태이다. 양쪽 계류가 만

나서 여기저기 있는 돌 사이를 세차게 흘러가고 있다. 전면의 옥
녀봉이 연속되어 있는 기이한 봉우리가 어지러이 서 있고, 끝이
검은 그림자를 남은 안개 속에 던지고 있다. 때때로 바람이 지나
갔다.

> 거칠게 부는 협곡의 바람 맞아 올라타고서 산의 안개비
> 소리 내면서 달려가네
> 荒らかに峽吹き出づる風に乘りて山の雨霧音立て走る

　원래의 길로 돌아와 본도로 나온 뒤 조금 내려가니 폐가가 한
채 보였다. 옥상에 서서 조선인 한 사람이 장대를 흔들고 있다.
무슨 일인지 알 수 없었다. 잠시 후에 멈추고 내려왔다. 그 집을
벗어나자 나와 교타이 군 외에는 도요후쿠 군과 부인, 나가이 군
과 부인 모두 모여 기암을 뒤로 하고 앞에 불을 지핀 채로 도시
락을 펼쳤다. 우리는 신 만물상을 구경하는 중에 모인 것이다.
한여름 중에서도 오늘은 안개로 한층 차가워 낮 동안에도 불이
필요했다.

　이곳의 집은 이름이 만상정(萬相亭). 만물상 행의 유객이 쉬는
곳이다. 이곳의 주인은 금강산을 묘사하려고 반 영주하고 있는
화가였다. 그러다 무슨 일인가 일어나서 부부가 살상해서 남편
은 죽고 부인만 겨우 살고 있다. 오가는 사람이 없어 오래 알려
지지 않았는데 마침내 알려져서 붙잡혔다. 그 뒤에 황폐해질 대

로 방치했기 때문에 지금처럼 되었다고 한다.

"요전 날 왔을 때에는 차를 끓여줘서 잘 대접해줬는데."

누군가가 말했다.

집에 들어가 보니 방에 뭐 하나 남아있는 것이 없다. 사방의 벽은 피로 물들었다고 하는데, 대부분 증거품으로 빼앗기고 나중에 남은 종이가 조금 하얀 것이 처참한 분위기를 보여주는 것 같아 보고 있기 힘들다.

"이 위에 있던 자는 무엇을 하고 있던 건가?"

"그 사람은 다람쥐를 잡으려고 한 겁니다."

"어째서 장대로 잡는 거지?"

"장대 끝에 실이 있어서 그것이 올가미가 되어 다람쥐를 잡는 겁니다."

안내자가 말했다. 야생마를 잡는 데 새끼줄을 사용하는 것은 알고 있지만, 다람쥐에 같은 방법을 취하는 것은 처음 봤다. 이번에는 나도 의자에 올라탔다. 돌길을 인부가 바삐 날아다녔다. 제법 유쾌한데 한하계(寒霞溪)의 좋은 풍경을 자칫하면 못 볼 뻔했다.

계류는 몇 번 굽이쳐 흐르고 있다. 어떤 곳은 거칠게 바위를 흘러내려가고 또 어떤 곳은 부드럽게 언덕을 돌아내려갔다. 고목 밑을 지나는 것은 완연한 남화(南畵) 방식이다. 잔솔이 한데 모여 자라고 있는 사이를 도는 것은 완전히 일본풍이다.

어깨를 번갈아 의자를 매기 위해 인부들이 때때로 멈췄다. 그런 사이에 언덕에 서서 관음연봉을 봤다. 돌출해 있는 봉우리와 봉우리 사이에 이따금 다시 폭포가 보였다. 안개가 아련히 다가왔다. 산의 절반 이상은 덮여 있고 높은 봉우리만이 남아있다. 그런가 하면 유유히 사라져 간다. 여러 봉우리, 또 여러 봉우리가 홀연히 나타났다. 안개 오가는 것이 빠른 만큼 경취의 변화가 심했다.

돌길이 점차 평평해졌다. 양쪽에 밭이 나왔다. 갑자기 감청색이 보였다. 일본해이다. 경주 이래 멀리 떨어져 있던 일본해이다. 바위산이 멀어지고 수풀 우거진 산이 가까워졌다. 양쪽이 밭과 수풀 산이 되자 마을이 나타났다. 온정리이다.

> 무서운 바위 올려보며 찾아온 눈에 친숙한 사흘 보지 못
> 했던 풀숲 우거진 청산
> 恐ろしき岩仰ぎ来し目に親し三日見ざりし草の青山

땅은 완전히 평탄하다. 수수밭 사이를 단숨에 빠져 나왔다. 이층 건물의 우아한 서양식 건축 앞에 의자가 멈췄다. 내리자 바로 온정리 호텔이다. 해는 아직 저물기에는 조금 빠르다. 도요후쿠 군 등이 일본식 여관으로 가려고 했다.

"그럼, 내일 뵙겠습니다."

"안녕히 주무세요."

엷어진 그림자를 끌면서 사람들이 헤어져 걸어갔다.

외금강(外金剛)

일찍부터 앞의 정원에서 사람 소리가 들렸다. 사람들이 상당히 많은 것 같다. 날이 훤히 밝아 창으로 파란 하늘이 보였다. 일어나서 나와 보니 어제의 풀숲 우거진 산이 눈에 들어왔다. 그 위에 안개가 조금 끼어 있었다. 부드러운 평야가 보이는 경치인데, 그 반대쪽에는 바위가 심하게 울퉁불퉁한 기이한 봉우리가 솟아 있다. 안개도 끼지 않고 검은 산 표면이 육박해오는 것처럼 느껴졌다.

앞의 정원을 내려다보니 의자를 준비해온 조선인 인부가 풀 위에 모여 서로 입을 모아 이야기하고 있다. 마루에 앉아 이 소리를 듣고 있었다. 약속은 8시이다. 이렇게 빨리 와도 할 일은 없다. 집에 있으면서 천천히 아침식사도 하고 나오면 좋을 텐데, 하는 생각이 들었다.

숙박자가 많지 않은 것은 피서객이 오지 않은 때문이다. 장안사는 매우 시원하다. 게다가 풍경이 독일 산중과 닮아서 상하이(上海)나 홍콩 주변에서까지 찾아왔다. 호텔에 빈방이 없어 수용할 수 없었다. 하는 수 없어 앞의 정원에 텐트를 치고 들어가서 쉬게 한 것이다. 체격이 큰 사람이 낮 동안에 산중이나 호텔의 큰 방, 강 가운데 있는 풀장, 밤에 오락실을 돌아다니고 있는데, 밤이 깊어지면 좁은 텐트에 들어간다. 완전히 게가 구멍에 들어가는 모양이다.

온정리는 시원하지 않다. 이름대로 온천이 흘러넘쳐 부드러운 느낌은 있지만 시원하지 않은 것이 피서객이 오지 않는 이유였다. 그와 함께 우리가 기거하고 있는 곳은 매우 유연한 곳이었다.

욕실이 매우 깨끗하게 만들어져 있다. 바닥에 둥근 돌을 깐 욕실에 흐르는 온천은 옥구슬처럼 아름다웠다. 아침 공기가 매우 차가웠다. 내 것인 양 언제까지나 몸을 담그고 있었다.

기분이 좋게 차가워진 살갗에 스미는 맑은 온천물의 따뜻함 기분이 좋아지네
こゝろよく冷えたる肌にしみとほるいで湯の熱は嬉しきろかも

식당에 들어가 드물게 일본식을 먹었다.

"일찍부터 많은 사람들이 오는군요."

"저렇게 모여 담배를 피면서 언제까지고 이야기하는 것이 즐거움인 거죠."

그렇다면 오락을 위한 것이었는가 싶어 놀랐다. 그러나 시간

이 돼도 오지 않는 사람들에 비하면 분명 감탄스럽다.

도요후쿠 군 일행이 왔다.

"숙소는 어땠습니까?"

"온천이 자연의 바위 사이로 솟아나고 있으니 좋습니다."

이런 말들을 주고받았다. 도요후쿠 군이 오늘은 부인과 함께 둘이서 의자에 앉아서 왔다. 그러나 수가 부족해서 나무를 구부려 만들어 붙인 조잡한 것을 사용하고 있어서 딱하게 느껴졌다. 나와 아내, 교타이 군이 의자에 올라탔다. 나가이 군 혼자서 건강한 다리를 자랑하며 도보로 갔다.

밭 사이로 의자 행렬이 지나갔다. 인부들 다리는 비교적 빨랐다. 빠르면서 동시에 치켜 올리듯해서 앉아 있는 사람의 몸이 앞뒤로 흔들렸다. 머리가 앞뒤로 흔들렸다.

"의자도 편하지는 않군요."

도요후쿠 군이 말했다.

언덕길에 이르렀다. 극락현(極樂峴)이라고 한다. 가을 풀이 잡목에 섞여 피어 있다. 여랑화가 특히 눈에 띄었다. 싸리나무도 많다.

언덕을 넘자 엉성한 숲 사이로 구불구불 내리막길이다. 건너편에 절이 보이기 시작했다. 신계사(神溪寺)이다. 나는 듯한 용마루와 채색된 서까래가 뒷산의 초록에 비친 모습은 그림 같다. 길이 평탄해졌다. 큰 소나무가 있다. 나뭇가지를 뚜껑처럼 두르고 나는 듯이 춤을 추는 모양인데, 안타깝게도 잎이 다 떨어져서 몇 년 전부터인가 앙상하게 불거진 고목이 되어버렸다.

"여기에서 집선봉(集仙峯)이 보입니다만, 구름이 끼어 있어서 아쉽습니다."

인부가 말했다. 아쉬운 것은 소나무뿐만이 아니다. 실로 앞면 전체에 안개가 가득 끼어 가까운 봉우리의 소재조차 분명하지 않다.

두 번 다시는 올 기약도 없는 길 오늘도 역시 안개 한가운데를 나가려고 하는가
再びは来むともなしに今日もまた霧のま中を行かむとするか

신계사의 반야보전 앞에 섰다. 옛날에는 큰 절이어서 가람이 구비되어 있다고 하는데, 몇 번인가 화재로 이렇게 작은 규모로 되었다고 한다. 이것도 또한 안타까운 일이다. 가까이서 너무 강렬한 색채를 가진 건축을 본 눈을 앞으로 돌리자, 우수한 형태를 가진 한 고탑과 마주했다. 이것은 천여 년 전의 것이라고 한다. 별로 높지는 않지만 오래된 형태나 녹이 슨 상태가 이 절에서 이것이 가장 볼 만하다.

신계사를 나온 의자 행렬이 경사진 곳을 오르락내리락 돌고 돌며 나아갔다. 맑은 계류의 우측을 지나갔다. 물은 여기서도 세차게 흐르지 않는다. 모난 곳이 적은 바위 사이를 물결치며 감싸면서 완만하고 시원한 소리를 내며 흘렀다.

안개가 차츰 엷어졌다. 시냇물 건너편의 연봉이 어느 것이나 높다. 특별히 괴기한 형태는 없지만 역시 큰 바위가 즐비하다. 안개가 이따금 끼었다가 개었다. 가느다란 폭포가 정상 가까운 곳에서 몇 줄기나 떨어졌다.

"이 앞에는 저런 폭포는 없었습니다만."

"어제 안개였던 것이 이 근방에서는 비였겠죠."

"바위로 만든 큰 병풍이군요."

"군데군데 소나무니 폭포니 좋은 배합이네요."

의자가 멈춘 곳에서 서로 이야기를 나누며 평을 했다.

의자가 다시 움직이기 시작했다. 몇 번이고 굽이쳐 가는 가운데 마침내 길이 하천과 나란해졌다. 나루터가 나왔다. 의자가 멈추고 올라탔던 사람들이 모두 내려서 하천을 건넜다. 바위와 바위의 거리가 넓고 또 높아 스스로 나는 듯이 뛰어야 했다. 인부가 앞에 서서 손을 끌어 도와주었다.

하천의 왼쪽에 길이 점차 험준해지고 바위투성이가 되었다. 의자가 높아졌다 낮아졌다 하면서 나아갔다. 인부가 아주 노련했다. 가능한 평형을 유지하려고 애쓰면서 나아갔다. 밖에서 보면 평지보다도 위태롭게 느껴지겠지만, 타는 사람은 오히려 편안하다. 길가에 단풍나무가 굴곡진 자태를 많이 만들어내고 있다.

오른쪽 왼쪽으로 건너다니며 종종 의자에서 내렸다. 건너면서 전면을 바라봤다. 안개가 중첩된 듯이 겹쳐 있다. 소나무 가지가 조금 보였다.

> 두둥실 안개 위에 하나 떠있는 뿌리도 없는 봉우리 바라
> 보니 큰 바위가 보이네
> ぽっかりとさ霧の上に一つ浮き根もなき峰の岩大なり

길은 금강문(金剛門)이라는 바위 아래를 빠져 나갔다. 의자로는
애초에 갈 수 없었다. 의자에서 내려서 빠져 나갔다. 이끼가 미
끄러워 넘어지려고 하는 것을 발을 조심히 뗐다. 기괴한 봉우리
가 바로 앞까지 육박해와 사방에서 압박했다. 계류 소리가 매우
높아 사방에 울려 퍼졌다. 그러나 심하게 소란하지는 않다.

옥류동(玉流洞)이라는 이름으로 불리는 계류가 마침내 크게 굽
었다. 특히 큰 면적의 바위가 모서리에 놓여 있었다. 그 위로 올
라가려다 인부가 말했다.

"거기에 가면 위험해요. 서양인이 한 사람 죽었으니까요."

과연, 조금 미끄러지면 계류의 소용돌이 속으로 떨어져버릴
것 같다. 그러나 그 아래에서 연기가 많이 올라왔다. 밖에 있던
인부가 다른 길에서 내려 손님이 돌아오는 것을 기다리고 있는
사이에 불을 피우고 있는 것이다.

> 계곡 바닥에 지핀 불의 연기를 보고 있으니 안개에 이어
> 산을 흐리게 하는구나
> 谷底の焼火の烟見るがうちに霧につゞきて山曇らすも

의자는 전혀 움직이지 못했다. 내려서 절벽을 따라 나아갔다. 경사가 상당히 급했다. 발을 디딜 만한 것이 아무것도 없다. 통나무를 옆으로 눕혀 움직이지 않도록 했다. 거기에 발을 올려봤다. 중심을 잃으면 계류로 떨어질 위험이 있다. 계류는 연못을 이루고, 골짜기를 만들고, 감청색과 눈과 같은 흰색을 교차시키며 위로 이어진다. 새 울음소리도 없다. 고개를 드니 양쪽 절벽에 육박한 하늘을 남기고 안개가 오가고 있다.

> 맑게 걷히는 안개를 기뻐하며 올려다보니 조붓한 하늘가
> 에 푸른빛이 깊구나
> 霽れ上る霧をうれしみ仰ぎ見る狭きみ空の靑は深しも

쇠사슬이 가로질러 놓여 있다. 사람들은 이를 힘으로 밀어붙여야 하는데 그 기둥이 엿가락처럼 굽어 있어서 급한 물살 쪽으로 향하고 있다.

"모양이 이상하게 굽어 있군요."

"봉우리에서 무너져 내리니까요."

"상당히 강하게 보이는군요. 완전히 엿가락처럼 되어 있지 않습니까."

"이래서는 난간도 무엇도 되지 않겠는데요."

중심을 잃지 않도록 명심하면서 절벽을 따라 갔다. 여기서부터는 안내자인 조선인 인부가 매우 조심하며 손을 잡아 주었다.

큰 바위가 가는 길을 막아섰다. 계류는 아래의 틈으로 흘러내려 남빛 조용한 연못을 만들고 있었다. 그리고 다시 춤을 추듯 넘어 파란 골짜기를 넘치게 하며 연못을 만들었다. 연주담(蓮珠潭), 진주담(眞珠潭). 연못 이름이 아름답고 고인 물도 아름답다.

기울어져서 연못의 짙은 남빛 속에 떨어진 하얀색의 납
작한 언덕 위의 바위들
傾きて淵の濃藍になだれ入る白く平たき岸の岩ども

특히 준수한 봉우리 하나가 가는 길에 보였다.
"저것이 무봉봉(舞鳳峯)입니다."
"이름도 좋지만 모양도 좋군요."
눈이 미치지 못할 정도의 절벽에서 아래로 흐르는 한 줄기 나는 폭포를 만났다.
위쪽에는 여전히 안개가 끼어 있다. 세차게 흐르는 물이 떨어지고 있다.

몇 번씩이나 주저하며 흐르네 소리도 없이 내 앞으로 산
속의 물이 떨어져 오네
幾度か流れためらひわが前に音せぬ山の水落ち来る

붉은색을 띠고 거의 한 그루의 나무 그림자도 드리우지 않은 큰 절벽이 몇 개인가 주름이 잡힌 채 절벽 위를 조심조심 건너

가는 우리들 발밑까지 급경사가 진 채 이어져 있다. 낙하하는 물이 여기저기 모이고, 그러나 멈추지 않고 넓어지면서 가는 폭포를 늘어뜨린 듯이 떨어졌다. 그리고 완만하게 내가 건너는 돌 사이를 흘러 더욱 경사가 급한 절벽을 만나 다시 한 줄기의 폭포를 만들며 아래쪽 푸른 연못으로 떨어졌다. 부드러운 폭포, 아름다운 폭포, 이런 것은 내금강, 외금강 여기에서 비로소 만날 수 있는 것이다. 산바람이 이따금 일었다. 높은 곳은 안개와 섞였다. 낮은 곳은 먼지와 너울거렸다.

> 옆에서 부는 산자락 광풍에도 흩어짐 없이 기울며 떨어지는 폭포가 길게 보여
>
> 横に吹く山の嵐に散りもせで傾き落つる瀧は長しも

"이곳이 비봉(飛鳳) 폭포입니다."

안내자가 말했다. 폭포를 '바쿠(瀑)'라고 하지 않고 '다키(瀧)'라고 했다.[4] 안내인이 모두 '다키'라고 발음해서 조선인은 이를 따라해 고유명사까지도 고쳐 발음한 것이다.

험준한 길을 냇물의 오른쪽 왼쪽으로 건너 연담교(淵潭橋)라고 하는 곳을 지나자 앞에 이미 큰 절벽이 보이고 큰 폭포도 보였다. 마음이 급해졌다. 험준한 절벽을 전혀 개의치 않고 단숨에

---

[4] 폭포를 음독으로 발음하면 '바쿠(瀑)'인데, 안내자가 훈독으로 '다키(瀧)'라고 발음하고 있음을 지적하고 있다.

지나갔다.

나무 사다리를 걸친 위로 소박한 정자가 있다. 서둘러 이에 올라 난간에 의지하며 눈은 전방을 응시했다.

너무 진귀한 풍경이다. 아름다웠다. 큰 절벽은 푸른빛을 띤 단 하나의 바위이다. 이를 타고 계속 떨어지는 한 줄기 흰 비단, 백 칠십 척 남짓 된다고 한다. 다만 조금 굽은 곳이 있고 같은 색의 바위로 이루어진 절벽으로 물이 떨어졌다. 거기에 뚫린 폭포 구 멍은 삼십여 척이라고 한다. 그러나 정자에서는 단지 한 평 정도 로만 보인다.

정자에서 연못까지는 넓고 깊은 계곡 하나가 사이에 있다. 이 에 아랑곳없이 소리가 강하게 울린다. 폭포 옆에 조각한 '미륵불 (彌勒佛)' 세 글자도 매우 선명하게 눈에 비쳤다. 그뿐 아니라 필자 의 이름, 조각가의 이름까지도 분명히 읽을 수 있다.

"저 글자 그림 하나에 한 사람이 들어가서 푹 잘 수 있다고 합 니다."

"매우 넓고 깊군요."

"여기서는 한두 치(寸)의 폭으로밖에 보이지 않네요."

폭포 부근의 바위가 안개로 젖어 있다. 내려가고 싶지 않았다. 그러나 예의 용감한 나가이 군이 신발을 신은 채로 내려갔다. 점 점 멀어져가는 모습이 마침내 폭포 구멍 있는 곳에 이르렀다. 멈 춰 서서 지팡이를 들어 올리며 이쪽을 불렀다.

체격이 큰 사람도 저 정도이다. 그에 비하면 폭포 구멍은 참으로 크다. 쉰세 개의 부처에 쫓긴 아홉 마리의 용이 어디로 숨었는지 모르겠지만, 아마 여기일 것이다. 구룡담(九龍潭)이라는 이름은 이것이 사실인 양 불리고 있다. 그렇다고 해도 역시 폭포가 한층 크게 느껴졌다.

정자 난간에 가까이 앉아 도시락 젓가락을 들고 폭포를 바라봤다. 사이다 컵을 손에 들고 폭포를 바라봤다. 사과를 먹으면서 폭포를 봤다. 차를 마시면서 폭포를 봤다. 모두 끝내고 다시 폭포를 봤다.

지긋이 가만 바라보고 있으니 산의 폭포가 길게 이따금 물이 세차게 떨어지네
つくづくと見の長ければ山の瀧時々つよく水落ち来る

바로 서있는 절벽 반쯤 되는 곳 틈새 벌리며 폭포가 조금 몸을 구부리고 있구나
直立てる壁の半処にひゞあらし瀧はすこしく身をくねらせり

울려 퍼지며 폭포가 떨어지네 바닥 깊숙이 솟아오르지 않는 푸른 연못 속의 물
とゞろきて瀧は落つれど底深み湧きはあがらぬ青淵の水

끼어 있다가 맑게 개인 안개에 폭포 뒤쪽의 산세가 보였다가 보이지 않았다가

かゝりては晴るゝさ霧に瀧口のうしろの山は見えみ見えずみ

잘 올려보고 또 잘 내려다보면 이내 몸도 또 폭포와 같
이 함께 떨어지는 것 같네
うち仰ぎうち見おろせば我身また瀧とともにも落つるこゝちす

"이제 돌아갈까요? 해금강(海金剛)도 있으니까요."

재촉을 받아 정자의 나무 사다리를 내려왔다. 연담교5)가 나왔
다. 아직 눈은 연못을 떠나지 못하고 있다.

소리도 없이 내 눈앞에서 계속 내리고 있네 폭포가 없어
지는 날은 없을 것이다
音もなくわが眼の前に落ち続き瀧は消ゆべき日のあらざらむ

해금강(海金剛)

내금강, 외금강의 괴기함은 땅에서 다하지 않고 남은 맥이 바다로 들어가고, 다시 해금강이라고 불리는 수려한 암초 무리를 만들고 있다.

온정리에서 보이는 일본해의 감청색은 가까운 듯 보이지만 아직 멀다. 좁은 협곡에서 좁혀진 눈은 넓은 전망 속에서 빨리 뻗어나가려고 한다.

"그야 아름답지요. 바위 사이로 해초가 한들한들 자라고 있고 큰 물고기가 계속 지나가는 모습이 죄다 보이니까요."

나가이 군이 손으로 흉내까지 내가며 말했다. 그 사람을 안내자로 하고 호텔에서 자동차로 출발했다.

외금강의 산을 넘고 물을 건너 의외로 빨리 도착해 아직 해가 높이 떠 있다. 저녁까지는 충분히 보고 돌아올 수 있다고 하여 차 안에서 모두 유유히 앉아있었다.

원산 가도에서 오른쪽으로 돌아 평야 사이를 차가 달렸다. 좌우로 금강 일대가 보이는데, 뭐가 무슨 봉우리인지 알 수 없었다. 채하봉(彩霞峯)이라는 설명을 들었다. 생전 처음 보는 높이 솟은 빼어난 모양을 하고 있다.

조선 특유의 붉은 민둥산이 곳곳에 보인다. 그 아래에 잡초가 무성한 넓은 들이 이어져 있다. 길은 그 사이를 거의 똑바로 통과한다. 일렬의 송림이 보였다. 그 주변을 적벽강(赤壁江)이 흐르고 있다고 한다.

세 리(里) 정도 질주하자 드디어 일본해의 푸른 파도가 눈에 가득 차 왔다. 육지가 끝나는 곳에서 차를 버렸다. 고성(高城)이라는 마을이다.

일대는 모래해변이다. 어디에 해금강이라고 하는 기이한 바위 무리가 있는지 의심스러울 정도로 평탄한 모래해변이 작은 포구를 감싸고 있다.

찻집에 들어가서 배가 준비되기를 기다렸다. 바다 쪽에는 큰 너울이 있어 하얀 물마루가 큰 물고기의 배를 뒤집듯이 자주 일었다. 바람이 있는 듯하다. 배를 잘 타지 못하는 나에게 좋지 않다고 피하는 날은 좀 곤란하다.

배가 준비되어 모두 올라탔다. 나도 힘차게 올랐다. 흔들흔들 나아갔다. 포구 안이기 때문에 놀랄 일은 아니다.

왼쪽으로 기이한 암초가 병풍처럼 늘어서 있다. 해금강이 이것인가 하고 보고 있으니, 내금강과 외금강의 기이한 분위기에 익숙해진 눈에는, '뭐야, 이런 거야?' 하는 기분이다.

배는 바다를 향해 나아갔다. 물빛이 짙은 푸른색이다. 파도가 하얗게 산산이 부서졌다. 배가 심하게 흔들렸다. 배가 나가는 방향으로 물결이 이곳까지 심하게 영향을 주었다.

"한들한들도 계속계속도 보이지 않잖아요."

누군가가 나가이 군을 나무랐다.

"오늘은 어쩐 일일까요?"

나가이 군도 예상이 틀렸다는 표정을 짓고 있다.

뱃길이 완전히 바뀌었다. 바위 병풍이 있는 건너편으로 나아가려 했다. 파도가 조금 잔잔해졌다.

한 바퀴 돌자, 배는 기이한 암초에 다가갔다. 가까이 보니 죽순처럼 똑바로 뻗은 큰 바위가 모여 있다. 색이 갈색을 띤 주황색이어서 너무 밝아 어제처럼 굉장한 느낌은 주지 않지만 많은 음영을 가지고 늘어서 있는 곳은 분명 기이한 경관을 이루고 있었다.

기이한 절벽을 따라 나아간 배가 벽과 벽 사이의 틈으로 들어가자, 이곳은 사방이 모두 새로운 바위벽이다.

"이곳이 금강문(金剛門)입니다."

"여기저기에 금강문이 있군요."

"그중에서도 여기 것이 으뜸이라고 합니다."

깎아지른 듯이 우뚝 솟은 것이 몇 십 척은 되어 보인다. 갈색을 띤 주황색은 강하지만 여기에서는 웅장한 모습에 압도되어

이미 눈에 띄지 않는다. 그 아래에 늘어선 바위도 역시 평범하지
않다.

> 구석이 많은 바위들의 틈새로 들어가서는 하얗게 일어나
> 는 오후의 여름 물결
> 隈多き岩間岩間にさし入りて白く騒立つ午後の夏潮

배가 바위 그늘에 들어가자 갈색을 띤 주황색은 엷은 보랏빛
으로 변했다. 파도의 흰색도 어둠을 띠었다. 다시 배가 돌았다.
보랏빛은 밝음을 더했다. 파도는 기쁜 듯이 바위와 희롱했다. 바
위에 올라갔다 떨어지는 소리가 떠들썩하게 웃는 듯하다.

문득 부르는 소리가 들렸다. 바라보니 앞쪽에 배에서 내려 바
위 위로 올라가 있는 한 무리의 사람들이 보였다.

"이것 참 우연이군요. 며칠 전에 뵀었죠."

경성에서 우리를 환영해준 의학박사 부인 일행이다. 바위 위
에 올라가려 하자,

"그대로 오세요. 사진 찍을 거니까요."

이렇게 말하며 사진기를 갖다 댔다.

배 위에서 일제히 돌아봤다. 곧 끝났다.

"또 온정리에서 만나요."

일행은 배에 올라탔다. 그리고 금세 멀어졌다.

배에서 올라가 평평한 바위 위에서 쉬었다. 바위의 물이 닿지

않는 곳에 조개류가 많이 붙어 있었다. 그것을 응시하고 있으니 차츰 바닥의 해조류가 보이기 시작했다. 파도가 잠잠해지고 오후 햇살이 거의 바닥까지 비쳤다. 다시마인지 미역인지 뿌리까지 보인다. 파도가 밀려왔다. 빛이 가늘게 부서지고, 해조류가 일제히 흔들렸다. 하얀 배를 보이고 무슨 물고기인지 그 사이를 옆으로 지나쳐 간다. 다시 온다. 다시 빠져 나간다.

"한들한들, 계속 계속이 있네요."

주의를 줬다. 나가이 군의 안색이 기쁜 듯이 바뀌었다.

암벽 사이로 들어간 바닷물이 넓지는 않지만 경치에 변화가 있다. 그저께 어제와 다르게 빼어난 수려함과 맑음을 가지고 있다.

언덕 절벽 사이를 벗어난 배는 더욱 바다 쪽으로 나아갔다. 파도가 다시 거칠어졌다. 바다의 흰빛이 강해져서 흰 새가 무수히 날고 있는 것 같다. 배의 동요가 심하다.

섬 하나를 배가 돌았다. 섬은 화강암 돌덩어리가 쌓인 것이어서 나무도 풀도 없다. 사람을 위협하듯이 벽에 부딪치는 파도 가운데에 우뚝 서서 괴기한 얼굴을 보이고 있다.

"무서운 바위군요."

이렇게 말하면서 올려다보니, 문득 바위머리에 서 있는 것이 있다. 학이다. 두 마리이다. 수컷과 암컷이 바위가 높아 닭다리가 긴 정도로 밖에 보이지 않는다.

한 마리가 날려고 하는 것 같다. 날개를 펼쳤다. 한 마리는 머물러 있고 싶어 하는 것 같다. 꿈쩍도 하지 않는다. 주저하면서 한 마리가 드디어 날았다. 날개를 파닥거리며 바위 위의 하늘을 한 바퀴 돌았다. 같이 날자고 유혹하는 듯하다. 그러나 아직 움직이지 않는다. 큰맘 먹고 높이 올랐다. 사뿐히 내려와 날개를 부드럽게 움직이며 그러나 속도는 빠르게 끝없이 파도 위를 날아갔다. 한 마리가 부리를 쳐들었다. 소리 높여 울고 있는 듯하다. 다시 부르려고 하는 것 같은데 파도 소리가 높아 아무 소리도 들리지 않았다. 날고 있던 것은 멀리멀리 날아갔다.

푸른 파도에 날개를 물들이며 어딜 가느냐 넓은 바다 위
에서 날고 있는 학이여
蒼波に翼を染めていづこまで行くらむ鶴か大海の上を

뱃멀미가 드디어 시작되었다. 배의 바닥에 누워 가방을 베개 삼아 누웠다. 위를 보니 하늘은 파랗고 맑아 그저 흰 구름이 점점이 떠 있다. 좌우로 끊임없이 움직인다. 배가 움직이는 만큼 움직인다.

바위의 모서리가 눈을 스치고 지나간다. 또 섬 하나가 나왔다. 그쪽을 향해 바라봤다. 이 섬에는 소나무가 있다. 기울어 자라고 있는 모습이 재미있다. '마쓰시마(松島)'라고 조선인 선원이 말했다. 이 이름도 내지화되어 있다.

"이 섬에 학이 있으면 좋을 텐데."

"방금 건너편을 날던 것이 와 있을지도 모릅니다."

계속 돌아보는데, 결국 보이지 않았다. 소나무 사이에 숨어있는 것은 아닐 것이다. 멀리 먹이를 찾으러 갔을 것이다. 멈춘 것은 여기에 새끼를 놓고 갔기 때문인가, 아닌가.

섬에 있는 산 소나무 아직 어린 두루미의 발 둥지 안에
앉았네 드문드문 보이고
島山の松まだ若しあしたづの巣を占めむにはまばらならむか

동요가 잦아들었다. 배가 해안가에 다가갔다. 그러나 나는 아직 일어나지 않고 구름을 보고 있다.

총석정(叢石亭)

아침 하늘은 오늘도 매우 맑다.

온정리 호텔의 이토(伊藤) 지배인에게 따뜻한 배웅을 받고 나온
우리 자동차는 평탄한 길을 기분 좋게 달려 마른 강을 건넜다.
황폐한 들판을 가로질렀다. 드문드문 집이 있다. 경사스러운 연
을 날리고 있는 것이 눈에 띈다.

바다를 따라 길을 달렸다. 바다가 매우 짙은 푸른색이다.

장전(長箭)이라는 항구가 보였다. 여기에서 기선이 원산으로 다
닌다. 사람들을 만나는 장소도 보인다. 그 마을을 똑바로 달려
통과했다.

2시간 정도 계속 달렸다. 고저(庫底)라고 하는 마을이 보인다.
집들이 이어진 곳에서 차가 멈췄다.

"배로 할까요?"

"뭐가 말입니까?"

"총석정을 배에서 보려고 합니다."

"파도가 높겠죠?"

"바람이 없으니까 괜찮을지도 모릅니다."

집사람도 배를 권하고 있는 듯하다. 어제 배에 조금 질린 나는 별로 찬성하고 싶지 않아 형세를 보고 있는데, 도요후쿠 군이 "육지가 좋다"고 말해 배는 그만두기로 했다. 나도 그 편이 지극히 좋다.

차를 내려 걷기 시작했다. 매우 평범한 시골길이다. 잠시 있으니 초원으로 나갔다. 풀이 기분이 좋을 정도로 부드럽고 푸르다. 이를 밟고 가니 반도의 일부에 접어들었다.

초원이 있다. 이 주변부터 걸음이 빠른 사람과 늦는 사람이 자연히 띄엄띄엄 떨어졌다. 먼저 가는 사람을 보니 초원을 줄줄이 계속 오르면서 성긴 숲 속으로 들어갔다. 숲은 모두 소나무이다.

바닷바람이 쏴쏴하고 불었다. 풀이 나부꼈다. 사람들이 작아져서 이쪽이 나아가면서 보이기 시작했다. 바위 위에 올랐다.

길이 멀리 구부러져 있어 빨리 갈 수 없다. 따라잡으려고 지름길을 골라 조금 뛰면서 성긴 숲 속으로 들어갔다.

바다가 넓게 보인다. 파도가 상당히 높다. 기선이 하나 지나고 있다. 원산에서 정전을 향하고 있다. 배를 타지 않은 것이 다행이다. 저런 상태라면 곧 뱃멀미를 했을 것이다. 타고 있는 사람들에게 동정심이 느껴졌다.

반도가 전부 보였다. 이쪽은 모두 소나무가 곳곳에 있고 푸른 풀에 뒤덮여 있다. 바다에서 큰 기둥이 되어 우뚝 서 있다. 이것

이 헤아릴 수 없을 정도로 틈새 없이 줄지어 서서 일대에 장벽
을 치고 있다. 파도가 그 아래로 계속 밀려와 부딪치는 소리가
크게 들렸다.

"보기 드문 바위군요."

"이것을 배에서 올려보면 무서우리만치 높게 보이거든요."

나가이 군이 말했다. 눈이 돌 것 같은 기분이 들었지만 마음
단단히 먹고 아래를 내려다봤다.

해를 등지고 어두운 바위 틈새 밝은 쪽으로 파도가 솟구
치며 소용돌이 이는데
日に背きをぐらき岩のはざまより明るき方に波湧きめぐる

[사진 10] 총석정

바위는 옆으로 누운 것도 있다. 또 길이가 짧아 파도에 씻겨버릴 정도의 것도 보인다.

"저쪽의 낮은 것은 매우 큰 거북이가 기어가고 있다고 밖에 보이지 않군요."

"거북이를 현무(玄武)라고 하는 의미를 바로 알겠네요."

바위 병풍이 굴곡져 있다. 그 정점을 지금 걷고 있는 것이다.

미끄러지는 바닥을 구두 신고 조금 나 있는 풀을 밟으며
가는 바윗길 위험하네
なめらけき底の靴もていさゝかの草ふむ岩の道の危ふさ

오른쪽 포구 쪽은 거의 파도가 없다. 이쪽으로도 바위 병풍은 열려 있다. 거북이 등이 완전히 잘 보였다.

"얼마나 높이가 될까요?"

"이른 척 남짓 된다고 합니다."

"여기에 네 군데 높은 곳이 있잖아요. 이것을 사선봉(四仙峯)으로 부른다고 합니다."

"바다에서 보면 봉우리로 보이겠죠."

"봉우리라고 하기보다 전체가 성(城)으로, 노송나무처럼 보인다고 합니다."

마침내 반도의 돌출된 부분에 도착했다. 먼저 온 사람들은 누각 아래에서 쉬고 있다. 이곳이 총석정이다. 푸른 풀이 여기에는

아직 우거져 있다.

"위에 올라가보면 어떨까요?"

"올라갈 수 있을까요?"

조금 어렵지만 모두 올라갔다. 조망이 한층 좋았다. 일본해가
특히 넓게 보였다. 예의 기선이 아직 흔들리고 있다.

> 배에 취해서 누워있는 사람의 머리를 들어 보게 하는 것
> 있네 이 바위 무더기를
> 酔ひ臥せる人の頭を上げしめて見するもあらむこの岩群を

섬이 하나 보였다. 무인도일 것이다. 남쪽에 있는 것보다 더
검은빛을 띠고 있어서 왠지 무섭게 느껴지는 바다이다. 돌아보
니 지나온 반도의 꼭대기가 잘 보였다. 이쪽을 향하고 있는 곳에
는 큰 현무암의 특출한 큰 기둥이 몇 무더기나 보였다.

"잠깐 보니 단순하지만 제법 복잡하군요."

"원래는 더 많이 있었을 거예요. 그랬던 것이 넘어지거나 무너
졌을 거예요."

넘어지거나 무너진 것은 오히려 포구를 향한 쪽이 많다.

누각 위에서 식사를 시작했다. 어제까지는 높은 바위 사이에
서 먹었는데, 오늘은 넓은 바다 위에서 먹는다.

여기까지는 미처 오지 못하고 절벽 아래에 거칠게 이는
파도 느긋이 보는 마음
こゝまでは来るも及ばねば罅下の狂ひ波見る心ゆたかに

바다의 기선이 점차 이쪽으로 다가왔다.

"배에서 여기가 잘 보이죠?"

"왠지 사람 같은 것이 보인다고 하니 망원경 같은 것으로 보
고 있겠죠."

위압감 주는 바위의 성벽 위에 서있는 나를 척후병처럼
보는 사람이 있으려나
いかめしき岩城の上に立つ我を斥候のごとく人見るらむか

바람은 거의 잦아들었다. 그러나 날이 덥지 않아 유유히 둘러
봤다. 누각을 수선하는 데 든 돈을 기부한 사람의 액수가 적혀
있다. '김(金)'과 '박(朴)'이 매우 많다.

"이렇게 같은 성이 많으면 곤란하지 않을까요? 이름도 반드시
다르다고만 할 수는 없을 테니까요."

"그렇지도 않다고 합니다. 어디 박씨, 어디 김씨 하면 곧 안다
고 합니다."

누각을 내려와 사진을 찍었다. 생각해보니 이 사람들과 오늘
까지 닷새를 같이 했기 때문에 아마 이것이 영원한 기념이 될

것이다.

　　멀어지게 될 바다 앞에 있으니 언제까질까 함께할 수 있
　는 날 사람들과 우리가
　　隔つべき海前にありいつまでか共にあられむ人とわれぞも

　바다의 기선은 여전히 흔들리고 있다. 그러나 여기로부터 거
리가 멀어졌다. 타고 있는 사람들은 장전(長箭)이 가까워지는 것을
기뻐하고 있을 것이다.

벽제관(碧蹄館)

"고니시(小西)[1]가 패했다고 합니다."

"오토모(大友)[2]도 도망갔다고 합니다."

"심하게 패했다고 하던데요."

"구름떼처럼 몰려온 적에게 속임수를 당했다고 합니다."

"준비가 부족했던 것 아닌가?"

"오토모는 이를 듣고 도망갔다고 합니다. 기겁해서 도망간 꼴이라니."

빨리 치는 것이 좋지 않다는 보고를 접하고 잇따라 경성으로 왔다. 불안한 날이 다투면서 지나갔다. 마침내 파랗게 질린 얼굴을 하고 찢긴 장비를 입은 사람들이 극도의 피로를 견디면서 돌아왔다.

작전회의가 몇 번이고 열렸다.

"어떻게 될까요?"

---

1) 고니시 유키나가(小西行長)를 말함.
2) 오토모 요시무네(大友義統, 1558~1610) 임진왜란 때 고니시 유키나가의 구원 요청을 무시해 도요토미 히데요시의 분노를 샀다.

"농성한다는 설이 무성하다고 합니다."

"개성에 있는 고바야카와(小早川)³⁾나 다치바나(立花)⁴⁾는 돌아오지 못했잖소. 어려운 처지에 있는 사람을 못 본 척 하는 겁니까?"

"그것을 설득하러 오타니(大谷)⁵⁾가 왔다고 합니다."

"많은 인원으로 여기에 틀어박히면 군량미는 어떻게 할 생각일까요?"

"곤란해질 거라는 논의도 나왔다고 합니다. 속전으로 끝내지 않으면 안 된다고 말하는 사람도 있다고 합니다."

"건너편이 보이지 않을 정도로 많은 병사들과 대적해 속전이 가능할까요?"

여기에서 패해서는 더 이상 방법이 없다. 가능한 한 자중하고 본국의 응수를 기다린다. 그리고 성을 포위하고 있는 것에 지친 자를 공략하는 수밖에 없다는 것이 복안이라고 말했다.

"그런 미적지근한 계획으로는 힘들어요."

"그러나 만약 패하면 부산까지 돌아갈 수도 없을 겁니다. 위험해요."

여기에서도 논의가 끝나지 않았다.

고바야카와 다카카게는 속전론자였다. 다치바나 무네시게도 마찬가지였다. 무네시게는 서대문에 진을 치고 있었는데, '적이 가깝

---

3) 고바야카와 다카카게(小早川隆景, 1533~1597)를 가리킴.
4) 다치바나 무네시게(立花宗茂, 1567~1643)를 가리킴.
5) 오타니 요시쓰구(大谷 吉継, 1559~1600)를 가리킴.

다'는 보고를 받고 싸우려고 마침내 전진했다. 때는 1594년[6] 정월 26일 새벽이었다.

그 길을 자동차가 이치야마(市山), 교타이(魚袋) 두 사람과 우리 부부를 태우고 질주하고 있다.

독립문 옆을 통과했다. 인가가 점점 드물어졌다. 북한산이 위엄 있는 모습으로 내려다보고 있는 들판으로 나왔다.

만나는 이가 한 사람도 없구나 엄숙히 죽음 결심하고 사
람들 떠나간 이 길목에
逢ふ人の一人もあらず肅々と決死の群が行きしこの道

물이 말라 있는 강이 나왔다. 창릉천(昌陵川)일 것이다. 차는 강가 위를 먼지를 날리며 달렸다. 비교적 수목이 우거진 작은 산으로 올라갔다. 길이 꾸불꾸불 구부러져 있다.

"여기가 여석령(礪石嶺)인 거죠?"

"벌써 삼 리(里)나 온 거네요. 여석령까지 삼 리라고 하니까요."

무네시게 병대는 이미 여기부터 앞에 있는 미륵원 들판에서 명나라 군사와 최초의 충돌이 있었다. 명나라 군사는 원래 수가 많았다. 무네시게는 고전했다. 벌써 해가 뜰 시각이 되었다.

"무네시게는 강을 앞에 두고 있었다고 하는데요, 그 모래강이

---

6) 원문에 '永祿二年'으로 되어 있는데, 그렇다면 1559년이 되므로 임진왜란 시기상 맞지 않는다. '文祿二年'의 오식으로 보이기 때문에, 1594년으로 번역했다.

여기일까요? 이런 모습이라면 그다지 의지가 되지 않았을 것 같은데요."

"명나라 군사는 대오가 정비되어 있어 포(砲)까지 있었다고 합니다만, 어땠을까요? 앞의 부대가 이미 포까지 끌고 온 것일까요?"

무네시게가 했을 고생은 대단했을 것이다. 승리하기는 했지만 부상을 입거나 죽은 사람이 많아 서로 대치하고 있는 상태였다. 11시 경에 첫 싸움이 끝났는데, 다음은 어떻게 될지 알 수 없었다.

풀도 나무도 살랑거리는 바람 없는 이때에 술렁거림 지나간 뒤의 고요함인가
草も木もそよぐ風なき今し見る動揺みわたりしあとのしづけさ

무네시게와 적과의 충돌은 곧 경성에 전해졌다. 무네시게와 함께 이야기를 하고 있던 고바야카와 다카카게가 곧바로 군사를 보냈다. 무네시게의 진지 옆을 지나고 망객현(望客峴)을 지나 고양원(高陽原) 산 아래까지 나아갔다.

"원래의 전쟁터보다 다카카게가 훨씬 더 나아간 것을 보면 적의 앞 병대가 상당히 퇴각한 것으로 보이네요."

"즉, 다치바나 쪽이 어떻게 하느냐가 중요하기 때문에 본대가 혜음령(惠陰嶺) 건너편에 있는 것을 믿고 조금 퇴각한 거겠죠."

경성에 있던 사람들은 가야 할 앞길에서 싸움이 시작되었다는 말을 듣고 계속해서 군사를 보내주었다. 길도, 논도, 강도 완전히 포진한 사람과 말로 가득 찼던 것 같다.

"팔만 남짓 되는 사람들로 '도읍지까지 버렸다'고 하니까요, 인간 홍수와 같았을 거예요."

"그것이 모두 결사를 각오하고 혈안이 되어 있었으니 용맹스럽기도 하고 무서웠을 거예요."

자동차가 산을 내려가자 양측에 험준한 산을 남기고 평지가 계속되고 있는 것이 보였다. 이것이 벽제 계곡이다.

"폭이 얼마나 될까요?"

"'길이 일 리(里), 폭이 서너 정(町)에서 일고여덟 정'이라고 안내기에 적혀 있습니다."

"의외로 좁군요. 이래서는 명나라가 아무리 대군(大軍)이라고 해도 이용할 수 없었겠네요."

"창끝이 날카로운 일본군이 부분적으로 해치웠을 겁니다."

길 양쪽은 논과 밭이다.

다카카게의 군대는 제 2차 충돌을 준비하고 있었다. 오타니 요시타카(大谷吉隆)[7]가 왔다. 무네시게가 이긴 것을 좋은 기회로 삼아 경성으로 퇴각하는 것이 어떠냐고 권고한 것이다. 그러나 다카카게는 듣지 않았다. "여기서 퇴각하면 적이 추격해올 것이다.

---

7) 오타니 요시타카(大谷吉隆)는 오타니 요시쓰구(大谷吉継)의 다른 이름이다.

그러면 경성으로 돌아가지 못하는 사이에 패배하게 된다. 지금은 어떻게 해서든 진격해야 한다"고 말했다.

때는 정오가 되었다. 고바야카와의 먼저 간 군대가 싸움을 시작하려고 했다.

"명나라 군사가 삼십 만 남짓 된다고 하는 것은 어떻습니까? 고개에서 내려갈 때 큰 산이 울창했다고 하는 것은 저 건너편을 가리키는 걸까요?"

"저쪽에서는 그렇게 단숨에 내려갈 수 있을 것 같지 않군요."

"다카카게가 적에게 보이지 않으려고 뒤쪽으로 준비시켰다고 하는 것도 아마 그래서겠죠. 설마 그랬을까 싶지만요."

"그러나 일본에서는 볼 수 없을 정도로 사람이 많았다는 것은 정말일 거예요. 그야말로 놀랐겠죠."

다카카게의 선봉은 적의 규모에 압도되었다. 이에 개의치 않고 다카카게는 진격했다. 무네시게는 왼쪽 날개가 되고, 모리 모토야스(毛利元康)[8], 고바야카와 히데카네(小早川秀包)[9]는 오른쪽 날개가 되어 나아갔다. 본대와 좌우 날개가 자연스럽게 포위 공격하는 형태를 취했다.

이여송(李如松)[10]도 최전선에 나가 크게 꾸짖고 성내어 부르짖

---

8) 모리 모토야스(毛利元康, 1560~1601)는 전국시대의 무장이다.
9) 고바야카와 히데카네(小早川秀包, 1567~1601)는 전국시대의 무장이다.
10) 이여송(李如松, ?~1598)은 명나라 장군으로, 임진왜란 때 평양에서 고니시 유키나가의 군대를 격파했으나, 벽제관에서 고바야카와 다카카게의 군대에 대패하고 간신히 목숨을 건져 중국으로 돌아갔다.

었다. 그 부하인 정병(精兵)은 대오를 잘 정비해 밀집해 덤볐다. 그러나 양쪽이 밭이고 게다가 기병이 많았다. 한 번 진흙탕 속에 빠지면 나올 수 없다. 더욱이 단검밖에 없고, 총도 적었다. 그에 반해 일본 보병은 진퇴가 자유롭고 날카로운 장검이 있어 종횡무진이었다. 게다가 조총도 많아 일제 사격도 대오를 무너뜨리기에 충분했다. 덮치면서 나아가는 강력한 힘 앞에 서 있는 것조차 할 수 없었다. 한 부대가 패하고 두 부대가 무너졌다.

> 올라오는 것 먼지냐 핏줄기냐 사람과 인마(人馬) 그리고
> 말이 서로 치고 있는 모습이
> 　擧れるは塵か血汐か人と人馬と馬とがあひ搏つところ

길이 평탄해서 차가 잘 달렸다.

"이 근처 밭에서 적의 기병이 함락했다죠?"

"전사했다고 하면 멋지지만, 그저 적인지 아군인지 밀려 떨어지거나 짓눌리거나 해서 대장도 졸병도 한데 섞여 죽어버렸으니 그야말로 재미없는 이야기라고 오사카진(大阪陣)11)에 적혀 있는데요, 정말 그 말 그대로입니다."

"적을 일본도의 긴 끝으로 척척 무를 자르듯 해치우니 견딜 재간이 없었겠죠. 대장인 이여송도 저격을 받아 위태로웠을 거

---

11) 오사카진(大坂の陣)은 도쿠가와 막부가 1614년과 1615년에 적을 토벌한 내용을 적은 책이다.

예요."

"'금으로 만든 갑옷을 입은 왜장이 제독을 친다'고 하는 것은 완전히 가와나카지마(川中島)12)이군요. 그것도 외국과의 싸움이니까요, 더욱 굉장했을 거예요."

"정오부터 네 시경까지니까 완전히 이긴 것은 굉장한 일이죠."

자동차가 고개에 가까이 와서 멈췄다. 잘 보니 용마루에 흰 건물이 있다. 세 개로 나뉘어 있는데, 하나로 연결된 형태이다.

이를 바라보며 문을 들어갔다. 벽제관이라고 하는 액자가 걸려 있다.

해가 매우 뜨겁다. 풀숲에서 풍기는 열기가 강하다. 매미가 계속 울어댔다. 놀고 있던 조선 아이가 신기한 듯이 옆으로 왔다. 이를 보고 어른들까지 나왔다.

계단을 올라갔다. 그렇게 넓지는 않지만 당당한 느낌이다. 마루 위에서 낮잠을 자고 있는 사람도 있다. 우리가 가까이 다가가는 것을 알아차린 듯이 보이는데 일어나려고 하지 않는다.

"누군가 불러올까요?"

"모처럼 왔으니 설명을 듣고 싶군요."

이치야마 군이 사람을 부르러 갔다.

마을은 한촌(寒村)에 불과하다. 여기는 가도에서 조금 왼쪽으로 들어가 있다. 가도를 따라 인가가 드물게 있고 나무도 있다. 지

---

12) 가와나카지마(川中島)는 일본 전국시대에 다케다 신겐(武田信玄)과 우에스기 겐신(上杉謙信) 사이에서 일었던 수차례의 싸움을 가리킨다.

나(支那)의 사절이 개성 방면에서 경성을 향해 왔다. 이를 조선의 관리가 정중하게 여기까지 마중 나왔다. 작은 나라가 큰 나라에 속하는 것의 슬픔은 몸을 굽혀 황송해하며 머리도 제대로 들 수 없다는 것이다. 사절은 그 가운데를 의기양양하게 통과한다. 벽제관에 올라 편안히 앉는다. 맛있는 술이 나온다. 좋은 안주를 늘어놓는다. 관기가 나온다. 노래를 부른다. 춤이 시작된다. 사절이 얼굴을 붉히면서 나라 자랑을 한다. 조선의 조정을 비난한다. 땅이 거친 것을 비웃는다. 대접이 부족하다고 말한다. 조선 관리는 그저 묵묵히 한 마디도 되받아칠 수 없다. 길에서 본 독립문은 조선이 지나의 패권과 경멸로부터 완전히 독립한 것을 표상한 것이다. 돌이켜보면 이것과 저것의 사이는 실로 긴 거리를 보여주고 있다.

나가이 군이 한 사람의 신사와 함께 왔다.

"이분은 우편국 소장이에요. 이곳을 잘 아는 분으로 설명을 해주실 겁니다."

소장은 매우 정중했다. 우리가 하는 질문에 대답해줬다.

"여석령도 망객현도 말로 듣던 것과는 다릅니다."

"당시는 저 건너편의 여석령 주변도 상당히 나무가 우거져 있었던 것으로 보입니다. 무네시게의 군사가 충돌하기 전에 명나라 군사가 복병을 놓아두었는데, 이를 예상해 철포를 쏴대니 도망갔다고 합니다."

"오후의 싸움 때 무네시게는 왼쪽 날개가 되었다고 합니다만, 이렇게 좁은 곳에서는 본군이 한가운데의 큰 길을 나아가면 옆에서 나갈 수도 없었겠네요."

"논이든 밭이든 상관하지 않고 진군했을 거예요."

"상상 이상으로 격렬한 싸움이었던 모양이죠."

"정말로 격렬했을 거라고 생각합니다. 조선병과 달라서 실전경험을 가진 병사들이니까요."

"추격할 때 혼란은 어땠나요?"

"저 산 앞에 주사평(朱砂坪)이라고 하는 곳이 있습니다. 거기로 몰아넣어 호되게 해치운 것으로 보입니다."

"이름을 정말 잘 붙였네요. 내지에서는 피 뭐라고 밖에 말하지 않을 거예요."

"정말로 이름을 잘 붙였군요. 이 벽제 등도 그 하나입니다."

"여기 건물은 그렇게 오래된 것은 아니에요."

"가운데와 왼쪽이 삼백오십 년 전에, 오른쪽은 그보다도 나중이라고 합니다."

"액자만은 오래되었다고 하는 것은 정말입니까?"

"그렇습니다. 필요하시면 닦아놓도록 하겠습니다."

길은 나쁘지만 이곳을 뚫고 뒷산에 올랐다. 큰 느티나무가 있다.

"여기가 다카카게가 투구를 걸어놨다고 하는 곳입니다."

"즉, 여기까지 추격해 와서 잠깐 쉬었다는 말이군요."

돌아보니 여석령까지 분명히 잘 보였다. 그리고 혜음령까지도 확실히 보였다. 돌아가는 명나라 군사, 일거에 경성을 빼앗으려고 했던 명나라 군사, 평양과 개성을 성공한 데 이어 일본군이 안중에 없었던 명나라 군사. 이들이 틈을 주지 않는 추격을 받으면서 신음하는 부상자와 머리 없는 죽은 자, 깃발과 말, 창과 방패, 틈새 없이 내버려둬 장군도 졸병도 한데 섞여 퇴각해 갔다. 그 사이에 저격을 받아 거의 위태로운 대장 이여송이 가까이 있는 사무라이에게 보호를 받으며 갈아타는 말에 채찍을 들어 사람과 말을 밟으며 도망갔다.

느티나무 옆은 과연 시원했다. 얼굴 가득한 땀을 닦으면서 서 있었다. 오래 전 영웅이 된 듯한 기분도 일었다.

"우리도 모자라도 걸어볼까요?"

　　나무 그늘에 옷깃을 열고 서니 상쾌한 기분 피 냄새 나지
　　않는 바람 살갗을 스쳐
　　　木のかげに襟をひらけばすがやかに血の香をもたぬ風肌を
　　撫づ

개성(開城)

고니시 유키나가가 평양에서 져서 크게 퇴각했다. 이여송의 대군이 뒤를 따른다고 해서 경성의 여러 장군이 세력을 경성에 집중해서 대응하려고 계획을 세웠다. 고바야카와 다카카게에게도 명을 받들던 이들은 경성까지의 퇴각을 촉구했다. 다카카게는,

"어차피 죽을 목숨이다. 퇴각 따위는 말도 안 된다."

이렇게 말하면서 들으려고 하지 않았다. 오타니 요시타카(大谷吉隆)가 가서 여러 가지로 설득해서 다카카게가 마침내 퇴각을 결심했다. 그래서 벽제관에서 추격해온 이여송을 호되게 격파했다. 다카카게가 있던 곳이 개성이었다.

일본외사(日本外史)를 읽고 다카카게의 비장함을 안 것은 소년시절이었다. 그때 처음으로 개성이라고 하는 이름을 알았다. 그 후에 동양사를 배우며 고려의 수도가 이곳 개성이었다는 것을 알았다.

실로 개성은 고려의 도읍지이다. 고려의 시조 왕건이 궁예(弓裔)에게서 독립하고 나서 이곳 개경을 도성으로 후에 전했다. 개경

은 즉, 개성이다. 고려는 반도를 전체적으로 통일한 대왕국이다. 그 도성인 개성은 역사상 중요한 위치에 있다.

군수인 덕강(德江) 씨, 군속인 주진(朱珍) 씨, 식산은행지점장인 오자키(尾崎) 씨 등의 마중을 받았다. 이노우에(井上), 이치야마, 교타이 세 명과 우리를 함께 태우고 정류장을 나와 전매국을 돌아 남대문을 통과한 차가 완만히 달렸다.

"개성은 오래된 곳으로 오랜 풍속이 남아 있습니다. 여자가 쓰개치마를 쓰고 있는 곳은 여기뿐입니다."

이런 말을 듣고 주의해서 창밖을 바라봤다.

동네 길이 좁다. 양쪽의 집들도 낮은 건물뿐이다. 그러나 기와나 처마가 올라간 것이 보여 장중한 느낌이 들었다. 그 사이로 흰 쓰개치마를 뒤집어 쓴 여자가 오고갔다. 지금까지 본 것과 다르게 품위라는 점에서 상당히 뛰어나다.

"진귀한 풍경이군요. 얼굴을 다 내놓고 아이가 떨어질 것처럼 업은 것과는 큰 차이가 있습니다."

"그러나 역시 더운 곳이군요. 거의 완전히 얼굴을 다 내보인 사람도 있습니다요."

"경성의 하이칼라 느낌보다 그윽하고 고상한 느낌이어서 모두 좋네요."

동네를 나오니 평탄한 논둑길이다. 돌고 돌아 가다가 길가에 멈춰 차를 내렸다.

바라보니 앞면 전체에 잔디를 입힌 산이 있다. 이곳을 올라갔다. 먼저 돌계단이 나왔다. 이를 오르자 평지에 누각 하나가 있다. 여기가 제를 지내는 곳이라고 한다. 이곳을 통과해 올라가며 내려다보니 곳곳에 문무 석상이 서 있다. 다 올라간 곳에 돌로 만든 마루가 있다. 그 뒤로 흙으로 봉분을 만든 무덤이 있고 잔디가 덮여 있다. 왕릉이다.

한 번 고개를 숙여 인사를 하고 둘러봤다. 난간이 둘러쳐 있다. 능 아래에 놓인 돌에 12방위신이 조각되어 있다. 각각의 방위에 맞춘 것은 말할 필요도 없다.

"이것이 현릉(顯陵)입니다. 태조 왕건의 능입니다."

"당시의 것 그대로입니까?"

"아니오, 여러 차례 고쳐 수선한 것 같습니다. 전란이 종종 있었기 때문에 두 번, 세 번 재궁(梓宮)[1]을 옮겼다고 하니까요."

"이조의 영향도 있겠죠."

"그렇습니다. 국정이 변하면 하는 수 없죠."

"태조는 왕이 죽을 때 사람들이 슬퍼하는 것을 보고 '죽지 않는 사람이 있겠는가' 하며 웃었다고 하니, 체념을 잘 하는 사람이었던 모양입니다."

"그렇다고 능이 황폐해져도 상관없다는 말은 아니잖아요."

잔디의 색이 짙은 녹색이다. 양쪽의 송림 사이로 햇빛이 쏟아

---

1) 왕족을 넣는 관을 일컫는 고어.

지고 있는 것도 아름답다. 종종 바람이 지나가며 휙 하는 소리가
들린다.

[사진 11] 현릉(顯陵)

"능의 위치가 어렵습니다. 산이 청룡, 백호, 현무, 주작과 잘
맞아 감싸고 있어야 하고, 또 주요한 물이 하나 앞을 흐르고 있
어야 합니다."

"그렇게 안성맞춤인 곳은 그리 간단히는 없을 겁니다."

"그러니 대대적으로 찾아다니는데요, 대체로 그런 곳에 능이
만들어진 듯합니다."

"아이 때, 헤이안(平安)을 천도한 곳에 '사신 상응의 땅(四神相応の

地)'이라고 적혀 있는 것을 선생님이 잘 몰라서 곤란해 한 적이 있었습니다."

"풍수설은 지나, 조선뿐만 아니라 그 선생님까지 고민하게 했군요."

능 앞에 서 보았다. 세 방향으로 산이 가깝고 앞에 있는 것은 조금 멀다. 강이 한 줄기 앞을 흐르고 있다. 이상적인 경지였을 것이다. 그것을 여러 번 이전했을 뿐만 아니라 나라조차 신하에게 멸망해버린 것은 무엇 때문인가.

　　소나무 사이 부는 바람 잊히지 않은 자취에 나부껴 부드럽네 왕릉 위의 풀에도
　　　松を吹く風のなごりにうち靡き柔らかなりや陵の草

　　돌에 새긴 이 어깨 나란히 하고 서 있노라니 옛날 사람이 된 듯 기분이 드는구나
　　　石人と肩をならべてわが立ちぬいにしへ人となれるこゝちに

차가 다시 예전 길을 달렸다. 완전히 바뀌어 돌다리 건너편에서 멈췄다. 차에서 내려 걸어가기 시작했다.

"여기가 만월대(滿月臺)라고 하는 곳입니다. 고려시대 궁전이 여기에 있었는데, 그대로 폐허가 되었습니다."

앞쪽에 돌출한 바위산이 높이 솟아 있다.

"제법 좁은 경사진 곳 아닙니까. 궁전은 어떤 식으로 지었을까요?"

"이 경사를 몇 단으로 잘라 평평하게 한 다음 아래에서 위로 궁전을 지어 올린 거죠."

"여기도 예의 사신(四神)과 관련지어 만들었습니다. 뒤와 양 옆, 세 방향으로 산이 있고 멀리 앞쪽에도 또 산이 있어요. 이런 상태로 주요 물줄기가 서쪽에서 동쪽으로, 다른 데서 들어온 물이 북쪽에서 흘러 함께 만납니다."

"잘 만들어져 있군요. 뒷산은 뭐라고 합니까?"

"송악산(松岳山)이라고 부릅니다."

"험준하고 다부져 보이는 바위산이군요. 저쪽까지 궁전이 이어져 있어 그야말로 한 폭의 누각 산수화군요."

[사진 12] 만월대

똑똑 소리를 내며 오르기 시작했다. 문은 승평문(昇平門)이라고 하는데, 그 터를 벌써 지났다. 신봉문(神鳳門), 창합문(闓闔門)의 초석이 보인다. 이곳을 지나자 높은 전각이 있다. 돌계단이 네 군데 있다. 그러나 잡초가 덮고 있다. 회경문(會慶門)이 그 위에 있었다. 그곳을 들어가니 회경전이 있던 터가 있다. 초석으로 정면 아홉 칸(間), 측면 세 칸이었던 것을 알 수 있다.

문에서 좌우로 복도가 있는데, 앞에서 꺾어져 산을 향해 나 있어 왕궁을 밖에서 싸고 있는 듯하다.

여기부터 지세가 점차 높아진다. 장화전(長和殿), 원덕전(元德殿), 만령전(萬齡殿), 장령전(長齡殿) 등 여러 전각이 어떤 것은 뒤쪽으로 또 어떤 것은 옆에 서서 이어져 있어 산까지 계속되고 있는 느낌이다. 나는 듯한 처마, 붉게 칠한 기둥, 채색한 용마루, 휘어진 난간이 있고, 어떤 것은 높게 새겨 있고 또 어떤 것은 길게 가로놓여 있다. 그리고 어떤 것은 비늘처럼 연결되어 있고, 또 어떤 것은 안개로 흐른다. 이것이 모두 송악산의 아침 햇살 저녁 그늘을 반영해 그린 것으로, 말로 형언할 수 없이 아름다운 모습이었다.

지나간 날의 모습을 떠올리는 대전(大殿)의 초석 그 위에 눈을 감고 서서 생각에 잠겨
　ありし日の様をうかぶと大殿の礎の上に目を閉ぢて立つ

품고 있었던 옥으로 만든 전각 빼앗긴 후에 쓸쓸했을 것

이다 산이 지닌 마음은

懐きつる玉の御殿も奪はれて寂しかるらむ山の心は

　고려의 멸망은 이조의 흥륭 때문이다. 그 선조인 이성계(李成桂)
의 위세가 온 조정을 압박했을 때, 용감히 이에 반항한 것은 정
몽주(鄭夢周)였다. 이성계 파벌이 이를 요격했다. 정몽주는 녹사(錄
事) 김경조(金慶祚)와 함께 목숨을 바쳤다. 그래서 고려는 마침내
멸망했다. 정몽주가 공격을 받은 곳이 선죽교(善竹橋)이다.

　"다리로 서둘러 갑시다."

　예의 좁은 길을 차가 달렸다. 왼쪽으로 문이 보인다. 오른쪽으
로는 다리가 보인다. 차에서 내려 우선 다리로 갔다. 다리는 석
조로 두 개로 되어 있다. 한쪽은 다리가 있는데 지나갈 수 없다.
다른 한 쪽이 건너갈 수 있다. 건너가면 비(碑)가 서 있다. 정몽주
의 후손 정호인(鄭好仁)이 별도의 다리를 세워 원래의 다리를 건너
다니지 않도록 했다는 이유를, '다리 위에 혈흔이 있어 노인의
말로 대대로 전해오는 기이한 일이다(橋上有血痕, 古老相傳爲異事)'라고
적고 있다. 김경조의 비도 같이 있다. 다 읽고 나서 돌아보니 다
리 위에 엷은 붉은색 반점이 있다.

　조선의 여자가 서너 명 흰옷을 빨고 있다. 물이 있으니, 즉 빨
래를 한다. 첨벙첨벙 소리를 내며 빨래를 하고 있다. 이를 보면
서 다리를 건너고 있는데 건너편 문에서 나이 든 내지인 여자가
나와서 말했다.

"또 여기에서 빨래를 하는 건가? '밖에 나가서 하라'고 말하지 않았는가."

물조차도 깨끗이 해두려고 하는 것이리라.

> 새로운 세력 앞에서 멸망해간 오래된 마음 이를 어떻게
> 해볼 수 있다는 말이오
> 新しき力の前に滅びゆく旧き心をいかにすべけむ

길을 가로질러 왼쪽 문 쪽으로 갔다. 이것이 비각(碑閣)이다. 문을 들어가자 황폐한 풀이 아무렇게나 나 있다.

누각은 닫혀 있었다. 서둘러 와서 문을 열어준 것은 조선인 여자를 질타한 바로 그 사람이었다.

비는 제법 훌륭했다. 이조 영조의 것과 이태왕의 것, 두 개가 특히 크다. 어느 것이나 귀부(龜趺)에 올라탄 형태인데, 그 거북이 경주 무열왕릉 앞에 있는 것과 형태는 비슷한데 취향은 전혀 다르다. 이조의 예술 가치가 많지 않은 것은 이것으로도 알 수 있다. 그러나 자구는 하나는 '도덕과 충정이 만고에 이르네, 태산 같은 포은공의 높은 절개(道德精忠亘萬古, 泰山高節圃隱公)'라고 적혀 있다. 포은공은 정몽주를 말한다. 또 다른 하나는 '높은 충성과 사람이 지켜야 할 도리는 우주에 빛나고, 공(公)이 있으니 우리의 도덕이 동방으로 이어지네(危忠大義光宇宙, 吾道東方賴有公)'라고 적혀 있어, 보통이 아닌 수준의 것이었다.

"반대한 자가 왕에게 이렇게까지 말을 들은 것은 낯간지럽지 않습니까?"

"정치적인 의미도 있겠죠."

"이조에서는 고려의 잔당이라고 해서 개성 사람을 심하게 압박해 관직에도 나가지 못하게 했다고 하지 않습니까."

"그 때문에 장사가 발달해 부유한 사람이 오히려 많아졌다고도 합니다."

"부기법 등도 자연히 생겨 특별한 것이 있다고 합니다."

주위를 둘러보고 나가려고 했다.

"비석 중에서 언제나 축축한 것이 있습니다."

여자가 말했다.

"안내기에 '우는 비(泣碑)'라고 적혀 있는 것 말입니까?"

"돌의 상태 때문인 것 같습니다만, 의미가 있는 것 같지 않습니까?"

이런 이야기를 하면서 나왔다.

이번에는 차가 언덕을 올라갔다. 자남산(子男山)이라고 한다. 차를 세우고 내렸다. 정자 한 채가 있다. 쓰러진 큰 나무가 있다. 이 나무를 한 사람이 계속 자르고 있다. 정자 앞에 서 있는 서너 명의 사람이 있다.

"여기가 관덕정(觀德亭)이라고 하는 활터입니다."

"활터라고 하는 것은 뭡니까?"

"활을 쏘던 곳, 즉 궁터입니다. 여기에서 활이 시작됩니다."

사람들이 일렬로 섰다. 활은 반궁(¥弓)이다. 차례차례 보름달 모양으로 활을 끌어당겼다. 반공을 향해 화살을 날려 보낸다. 화살이 윙윙거리며 제비처럼 날아갔다. 그것을 눈으로 따라가니 계곡 하나 떨어진 절벽을 향하다가 마침내 시야에서 사라져버렸다. 잠시 있으니 절벽의 평지에 모래바람이 일었다. 바라보니 절벽에 세로로 긴 방패 같은 과녁이 있다. 정자에서 거기까지 몇 정(町)이나 떨어져 있는지 짐작이 가지 않았다.

기다리고 있던 다음 사람이 활시위를 잡아당겨 활을 쏘았다. 화살은 바람처럼 날아갔다. 잠시 후에 절벽 앞에 모래먼지를 일으켰다.

다음 사람이 "이번에야말로" 하는 기세로 힘을 쏟아 활을 쏘았다. 화살이 금세 사라져버렸다. 조금 지나 '탁' 하는 소리가 났다. 분명 명중한 것이다. 나도 모르게 앗 하고 소리를 질렀다.

다음 사람이 "이번에는 나도" 하는 표정으로 화살을 쏘았다. 화살은 안개 속으로 사라졌다. 잠시 후에, '탁' 하는 소리가 들렸다. 저절로 박수가 나왔다. 활을 쏜 사람의 얼굴에도 미소가 떠올랐다.

차례대로 활을 쏘았다. 연이어 적중했다. '탁' 하는 소리가 계속 울렸다. 언제까지고 바라보고 있었다. 활을 쏜 사람은 모두 득의양양해 있다.

말을 이어서 전해주고 있는가 활 쏘는 사람 활시위의 소
리를 높이 울리고 있네
語り次ぎ云ひ次げよとか射目人は弓弦の音を高くひゞかす

해는 아직 높다. 활 쏘는 사람은 계속 활을 쏘며 멈추려고 하
지 않는다.

평양(平壤)

어렴풋하게 초록 고원에 조금 연기 피어나 아침 해가 나
오는 산도 보이지 않네
ほのぼのと緑高原うちけぶり朝の日出づる山も見えざり

지금까지 계속되던 산이 멀어졌다. 평원이 깊은 초록을 띠고
눈앞에 몰려 왔다. 평양이 가까워졌을 것이다.

긴 철교를 우리가 탄 기차가 지나갔다. 강은 대동강일 것이다.

강 건너편에 검은 일대의 구릉이 눈에 띈다.

"저것이 모란대(牧丹臺)일까요?"

이런 이야기를 하고 있으니 곧 정거장에 도착했다.

우리를 태운 자동차는 도청을 나와 번화한 거리를 달려 나갔
다. 평양 제일의 거리라고 한다.

몇 번 꺾인 뒤 구릉 밑에서 내렸다. 도청의 엔야(遠矢) 씨, 식산
은행의 기쿠치(菊池) 씨 등에게 안내를 받아 오르기 시작했다.

"지금 들어간 곳이 칠성문(七星門)입니다. 임진왜란 때, 이여송이
공격했다고 하는 곳입니다."

길은 험하지 않았다. 그러나 더워서 헐떡거렸다. 다 오르자 처마 끝이 올라간 정자가 하나 나왔다. 여기가 을밀대(乙密臺)이고, 정자는 사허정(四虛亭)이라고 한다. 을밀대라고 적힌 액자가 크게 걸려 있다.

정자에 뛰어 올라 아래를 내려다보니 절벽이 상당히 높다. 대동강과 건너편 언덕이 한눈에 보였다. 과연 대동강이구나 하는 느낌이다. 호탕하게 흐르고 있는 모습은 철교의 길이로도 알 수 있다. 포플러의 초록이 짙은 섬이 하나 떠 있다.

"저곳이 반월도(半月島)이고, 저쪽이 능라도(綾羅島)입니다."

둘 다 아름다웠다.

　　바라다보니 큰 강에서 불어온 바람 시원해 땀도 닦지 않
　고서 얼굴에 바람 쐬네
　　臨み見る大江の風の凉しさに汗も拭はぬ顔吹かせつゝ

"청일전쟁 때, 마옥곤(馬玉昆)이 이곳을 사수했다고 합니다."

"임진왜란 대 명나라 군사가 소나무 가지에 기모노를 걸쳐서 일본군을 위협했다고 하는 것도 이곳인가요?"

"저쪽의 소나무가 있는 곳입니다."

"청일전쟁 때 배후에서 하는 공격이 성공했습니다만, 마치 이여송이 유키나가를 공격한 것과 같은 경로를 취한 거군요."

[사진 13] 평양 대동강

"임진왜란 때 수비군에게 호되게 패한 일본군이 메이지 시대에 이를 이용해 공격해서 지나군을 척척 무찌른 것은 묘한 운명이군요."

을밀대에서 내려와 왼쪽으로 있는 소나무숲 안으로 들어갔다. 듬성듬성 비치는 해의 그림자가 기분 좋다. 기자묘(箕子廟)[1]가 앞에 서 있다. 붉은 칠을 한 기둥이 오래된 것도 보기 좋다.

"원산(元山) 지대(支隊)[2]가 이곳을 거세게 공격했다고 합니다. 여기 대장은 좌보귀(左寶貴)로 기억하고 있습니다만, 의기왕성해서 일부러 황제로부터 받은 옷을 입고 밀어냈다고 합니다."

---

1) 중국 은(殷)나라의 성인인 기자(箕子)의 동래설(東來說)에 따라 후대에 추정하여 만든 그의 묘당(廟堂)을 가리킴.
2) 본대에서 갈라져 나온 작은 부대를 말함.

"사이토 사네모리(齋藤実盛)[3]가 비단 예복을 입고 적과 싸우다 전사했다고 하는 이야기와 같군요. 장렬하네요."

"그와는 반대입니다. 임진왜란 때에는 이곳이 먼저 패했어요."

"대포를 가득 싣고 와서 속여 치는 데는 고니시도 매우 난처했겠죠."

되짚어 돌아가서 그다지 높지 않은 누각 문 뒤로 나왔다.

"이것이 현무문(玄武門)입니다."

"하라다 주키치(原田重吉)가 돌파했다고 하는 현무문인가 하는 곳이군요."

문 밑으로 빠져나가 밖으로 나와서 주위를 봤다. 모란대와 을밀대가 양쪽에서 내려다보고 있다.

"연극에서는 매우 높고 큰 문이었는데, 이것만은 너무 작군요."

"여기저기에서 저격을 받아 문을 점령할 수 없었을 거예요. 주키치는 분명 뛰어난 사람이군요."

다시 언덕을 오르기 시작했다. 길은 비교적 험준하고 길었다. 마침내 다 올라갔다. 여기가 모란대이다. 정자에 기대어 아래를 내려다 봤다. 대동강의 흐름이 한층 길게 보였다. 지금까지 보이지 않던 다리가 보였다. 섬이 보였다. 안개가 끼어 보이는 곳은 고분으로 유명한 낙랑 근처일 것이다. 건너편 언덕은 전체가 초록빛 들판이다.

---

3) 사이토 사네모리(齋藤實盛, 1111~1183)는 일본 헤이안 시대의 무장이다.

"저곳이 제6연대이고, 건너편이 제당(製糖)회사입니다."

"그럼 선교리(船橋里)도 저쪽이겠네요."

"저 양각도(羊角島)의 건너편 언덕이 바로 그곳입니다. 청일전쟁 기념비도 세워져 있습니다."

저쪽을 나와 정면에서 적을 견제해 뒤쪽에서 공격을 성공시키려고 한 오시마(大島) 여단이 했을 고생이 대단했겠네요. 여기에서 포격하면 그는 단지 훌륭한 표적이 될 뿐이었다.

돌아보니 뒤에서 공격하는 군대가 온 길을 역력히 알 수 있었다. 원산 지대와 삭녕(朔寧) 부대가 포연을 피우면서 지금이라도 올 것 같은 기분이 들었다.

또 다시 임진왜란 때로 돌아가, 고니시가 침유경(沈惟敬)[4]에게 속은 연광정(練光亭)도 보인다. 모란대를 빼앗기고 나서 틀어박혀 명나라 군사를 살상한 내성(內城)이 있던 터도 보인다. 너무 많은 대군이어서 어떻게 해볼 도리도 없이 퇴군을 결심했을 때, 오이시(大石) 아무개가 적의 표적이 되면서 퇴로를 지켰다고 하는 대동문(大同門)도 보인다. 그리고 건너서 도망친 대동강이 바로 눈 아래에 있다.

> 높은 곳에서 바라보니 마음이 놀라는구나 눈에 들어오는
> 것 너무 많아서인지
> 高きより見れば心のおどろかる目に入るもののあまり多きに

---

4) 침유경(沈惟敬, ?~1597)은 임진왜란과 정유재란 때 활약한 명나라 무관이다.

우리와 같이 난간에 기대고 있는 사람이 있다. 움직이려고도
하지 않는다. 오래도록 바라보고 있다.

"정말 전망이 좋군요."

"정말로 이 정도로 좋은 곳은 없을 거예요."

보고 있으니 자연히 전쟁 때의 일 등은 잊어버리는 듯했다.

> 빠진 곳 없이 연못 보이고 섬이 보이고 다리 보이는 대
> 동강물 오후의 강한 햇빛
> 残りなく淵見え島見え橋見ゆる午後の大江の水照のつよさ

여운을 아쉬워하며 내려와 찻집 앞으로 나왔다. 더 내려가자
누각이 하나 있다. 부벽루(浮碧樓)라고 적힌 액자가 걸려 있다.

누각 안은 지금 연회 중이다. 백의를 입고 수염을 기른 사람이
편안히 앉아 술잔을 들고 환담을 나누고 있다. 기생이 장구를 친
다. 이에 맞춰 춤을 추는 이도 있다. 심지어 기생을 끌어안고 춤
을 추기 시작하는 사람이 있구나 싶더니 거의 모두 일어섰다. 그
리고 같은 자세로 얼싸안고 춤을 추는 것이다. 장구 소리도 평화
롭다. 춤을 추는 속도는 유유하다. 하얀 옷과 하얀 옷이 서로 섞
인다. 멀리서 바라보니, 학이 무리를 지어 일제히 날개를 펴는
것 같다.

한가롭구나 음악 울리고 춤을 추는 손길에 여름 석양 서
서히 저물어 가는구나

のどかなる楽のひゞきに舞の手に夏の夕日の落ちも急がぬ

일동은 찻집으로 들어갔다. 밤을 기다렸다 배로 강을 내려가
겠다고 한다. 장구 소리가 아직 계속 들렸다.

다롄(大連)

정거장의 전등이 밝은 아래에서 많은 얼굴이 보였다. 와키야(脇屋) 군의 크고 둥근 얼굴이 특히 눈에 띄었다. 펑톈(奉天)에서 온 호리코시(堀越) 군의 작은 얼굴도 보인다.

"이렇게 더운데 고생 많습니다."

"정말로 감사합니다."

마중을 나와 준 사람들 속에는 의외의 얼굴도 섞여 있다. 옛날부터 알고 지내던 여식이 젊은 부인이 된 사람이 많다.

> 일부러 나와 주었는데 가려서 보이지 않는 곳에 반쯤 숨
> 은 이 누구시오 당신은
> ふりはへて出で来ながらも物陰に半かくるゝ人は誰ぞも

자동차가 와키야 군의 집에 도착했다. 하이칼라 풍의 현관을 들어가 고풍스러운 이층으로 올라갔다. 갑자기 왔기 때문에 마중 나오느라 정신없었다고 와키야 군이 먼저 말했다.

아내의 사촌인 이곳의 부인은 나도 옛날부터 알고 있다.

이 나라에서 끓여 조리한 유부 맛이 좋아서 남편도 안사
람도 살이 찐 게로구나
此の国の油の煮物うまければ主人も妻も肥えましにけむ

　주변 한쪽에 만철(滿鐵)[1] 사택으로 보이는데, 같은 형식의 집이
늘어서 있다.
　하늘이 맑게 개어 별이 반짝반짝 빛나고 있다. 저쪽 주변에 검
은 것이 다허상산(大和尚山)[2]일까, 하고 제멋대로 짐작해본다.
　이십여 년 동안 거의 만난 적이 없었기 때문에 이야기에 신바
람을 올렸다. 상륙 이래 친족을 만난 것은 이번이 처음이기 때문
에 저쪽이나 이쪽이나 아무것도 아닌 이야기가 끝없이 이어졌다.
니시노(西野) 군, 도이(土井) 군의 부인도 섞여 있다.

너무도 빨리 어머니 되었구나 물속으로 잘 들어간다고
어제 뽐을 내던 소녀가
たやすくも母となりけり水潜りよくすと昨日誇りし少女

　욕실이 2층에 있는 것도 묘하다.
　"어떻게 된 겁니까? 여관 같습니다."
　"이집은 위는 위, 아래는 아래로 별도로 되어 있어요. 물론 아
시아인이 살았지만요. 그것을 합쳤기 때문에 이런 모습입니다."

---

1) 남만주철도주식회사의 줄임말.
2) 랴오둥(遼東) 반도에 있는 산.

"설비가 나쁘면 아래는 힘들겠네요."

"그것이 제법 잘 만들어져 있습니다."

한숨 자고 일어나니 창문으로 보이는 하늘이 새파랗다. 붉은 기와가 정돈된 사택이 몇 줄이나 보였다. 취향은 별로지만 잘 정리되어 있다. 그것과 하늘의 대조가 너무나 식민지라고 하는 느낌을 불러 일으켰다. 와키야 군이 항구에도 나와 주었다.

"부두 풍경을 보세요. 제법 번화한 곳이에요."

"큰 부두라고 하는 것은 들었습니다만, 요코하마(横浜)와 비교하면 어떻습니까?"

"요코하마보다도 번화했다고 말하는 사람도 있습니다."

부두를 향해 자동차가 달렸다. 큰길은 매우 훌륭하고 일본식 동네 이름이 하나 붙어 있다.

부두에는 큰 기선이 지금이라도 출항하려는 듯 준비를 하고 있다. 3층의 발코니로 올라가 봤다. 다양한 색을 칠한 테이프가 몇 백 줄인지 알 수 없지만 육지에서 배로 이어져 있다.

헤어져 가는 마음처럼 종이로 만든 매듭이 잘게 찢어질
듯이 계속 흔들거리네
別れゆく心の如く紙の紐ちぎれむとして猶たゆたへる

승객은 갑판에 모여 있다. 아침 햇살이 매우 덥다. 그러나 헤어져야 하는 정을 줄여주지는 못한다. 바람이 이따금 불었다. 테이프가 계속 물결쳤다. 무슨 말을 해도 통하지 않으니 모두 잠자코 테이프를 들고 있다. 일연종(日蓮宗)의 결사로 보이는 한 무리가 둥둥둥 큰북을 치고 있다.

돌아보니 어제 마중 나와 준 부인이 혼자 서 있다.

"어제는 고마웠어요. 배웅하는 겁니까?"

"친척이 귀국하게 되어 왔습니다. 금방 같은 사람을 만날 정도로 좁은 곳이군요."

"그 정도로 친밀하다는 거겠죠."

이런 이야기를 하는 동안에 배가 움직이기 시작했다. 테이프가 한꺼번에 끊겼다. 모자를 들어 올리는 사람, 손수건을 흔드는 사람들로 일제히 술렁거렸다. 하얀 물마루도 보이는데, 그건 여기뿐이고 육지에서 멀리 떨어진 바다는 파도가 잔잔한 모양이다. 항구를 나올 때까지 배웅을 했다.

> 모두 나와서 파도에 섞인 배의 중간허리가 하얗게 보이
> 구나 방향 바뀌는 것도
> 出ではてゝ波にまぎれし舟の腹白く見えたり方向変ふらしも

"라오후탄(老虎灘)에 가볼까요? 여기서는 놀기 좋은 곳이니까요. 호시가우라(星が浦) 쪽에는 외국인이 안내한다고 하니까요."

와키야 부인이 말했다.

"라오후탄은 좋은 이름이네요. 어떻게 해서 붙인 이름입니까?"

"해안의 바위에 호랑이와 같은 것이 있어서겠죠."

넓은 길을 자동차가 날아가듯 달렸다. 곧 교외로 나왔다. 새로 지은 붉은 기와집이 많다. 제각각 디자인이 다른 형태를 보이고 있다. 마치 도쿄 교외를 보고 있는 듯하다.

"니시노 씨의 집이 저기예요."

"첨단의 느낌이네요."

"제법 신경을 써서 만들었죠?"

니시노 군은 친척 중 한 사람인 젊은 부인과 함께 여기에 있는 것이다.

해안 가까이에 차가 멈췄다. 내려서 잠깐 걸어가니 바닷물 굽이쳐 흐르는 곳의 언덕으로 나왔다. 햇살이 제법 뜨거웠다. 찻집에 들러 쉬면서 일대를 바라봤다.

물굽이가 있는 곳은 그다지 넓지는 않다. 왼쪽으로 불거진 곳이 있다. 그 끝에 큰 바위가 있다. 오른쪽도 돌출된 곳이 있다. 그 끝도 역시 큰 바위이다.

"어떤 것이 호랑이 형상이라는 거죠?"

"자, 어느 것일까요? 저쪽이겠죠?"

"이쪽이 아닐까요? 이쪽이 마치 입을 벌리고 있는 것 같지 않아요?"

이렇게 서로 이야기하며 사람들에게 물어보려고도 하지 않는다.

초록색 짙은 물이 흘러넘쳤다. 파도는 거의 없지만 바람 상태에 따라 곳곳이 하얗다.

"건너편 바위 있는 곳으로 아녀자들끼리 가겠습니다. 배를 저쪽에 대고 남편들은 바위 그늘이 시원하니 자리를 깔고 누우세요."

"이런 날 나와 있으니 마냥 좋네요. 그러나 바위가 붉은빛을 띠고 있어 그리운 느낌은 부족하군요."

"아무래도 내지의 에노시마(江の島)처럼 오래된 느낌이 있는 바위는 적은 것 같군요."

바람이 시원하게 불어왔다. '시트론' 잔의 거품이 날렸다.

해가 비치지 않는 바위 그늘에 배를 대고서 잠자는 사람
인가 하얀 옷이 보이네
日のさゝぬ巌のかげに舟よせて眠れる人か白き衣見ゆ

절벽을 내려가 파도치는 곳까지 가보았다.

잘게 부서진 파도의 물보라에 바람이 불어 바로 젖어버
렸네 낮은 구두 앞부리
こまやかに波のしぶきを吹く風にまづこそ濡れる浅靴の尖

샤오강(小崗子)

"방심하면 뭐든 훔쳐 가버려요. 나막신 한 짝이라도 가져가버리거든요."

"그렇다면 간밤의 도난은 늘 있는 일이군요."

"정말로 조금도 빈틈이 없군요."

아내가 간밤에 지나 옷을 맞추러 지나인이 하는 가게에 갔는데, 계산하고 있는 사이에 옆에 둔 가방을 도둑맞고 말았다. 이가게는 제법 큰 규모로 점원도 많이 있어서 신경을 쓰는데도 도둑을 맞은 것이다. 그 가게에서는 정중히 사과했다. 변상을 해준것은 가게의 신용이 걸려있기 때문일 것이다. 그 점은 매우 칭찬할 만하지만 훔친 사람은 손님인 지나인이었던 모양이다.

"도둑맞은 물건은 신고를 해도 좀처럼 나오지 않지만 샤오강에 가면 팔리고 있다고 하니까요, 거기 가서 사는 편이 빨리 해결된다고 들었습니다."

"거기에 가볼까요? 도둑시장이라고 부른다고 들었습니다."

차를 타고 그곳으로 달렸다. 그러나 넓고 훌륭한 곳이었다. 상당히 달려 멈췄다. 왼쪽으로 운전수 안내에 따라 들어갔다.

"여기는 숙친왕(肅親王)이 갖고 있던 땅으로, 땅값을 받고 있다고 합니다."

"상당히 넓습니까?"

"보면 아시겠지만, 구획이 잘 정리되어 있어 훌륭하고 게다가 길이 넓습니다."

입구에 활동사진관이 있다. 장막이 드리워져 있고 지나 음악을 시끄럽게 울려대고 있다. 서유기 풍의 것을 하고 있는 것 같다.

"여기부터가 철물상입니다."

과연 철물상이 늘어서 있다. 새로운 가게도 있지만 오래돼 녹슨 못까지 팔고 있다.

"이곳이 식상신도(食傷新道)¹⁾라고 할까요, 그런 곳입니다."

기름이 끓어오르는 냄비 안에 뭔가를 넣고 끓이는 곳도 있고, 타오르는 불 위에 뭔가 꼬치 같은 것에 꿰어 굽고 있는 곳도 있다. 그 안에 거대한 체격의 지나인이 반라의 모습으로 나와 뭐라고 말했다. 화화상(花和尚)이나 구문룡(九紋龍)²⁾이 재현된 느낌이다.

무더운 날에 처마를 타고 흘러 나오는 기름 연기 피하는
것도 덧없게 느껴지고
暑き日の檐を伝ひて流れ来る油の煙避けもあへなく

---

1) 음식점이 즐비한 거리.
2) 수호지에 나오는 인물들.

"여기가 오래된 옷을 파는 거리입니다."

오래된 옷이 즐비하게 늘어서 있다. 도쿄의 야나기하라(柳原)의 모습 같다. 양복이 매우 많다. 가게가 길까지 나와 있어 뭔가 말을 걸었다. 그중에는 남자 외투를 아내에게 내보이며,

"싸게 해 줄게. 사는 게 좋아."

이런 말을 하며 놀리는 자도 있다. 돌고 돌아 중앙으로 나왔다. 여기는 게이샤마치(芸者町)[3]이다. 기둥에 기대거나 격자에 걸치거나, 혹은 창가에 기대고 있는 사람은 게이샤이다. 길을 빠져나와 돌아보니 문기둥이 있고, 꽃을 찾고 버들을 좇는 이라면 어떤 사람이든 상관없다는 의미가 적혀 있다.

"옛날 물건을 파는 거리입니다."

오래된 물건이 산적해 있다. 일본의 부인 잡지, 강담 잡지까지 끈으로 묶여 토방에 올려놓았다. 낮 시간이라 손님이 없어 어린아이가 옆으로 누워 책을 읽고 있다. 옛날이야기 정도일 테지만, 물론 한문의 무점본(無點本)[4]이다.

"여기에서 어떤 사람이 라켓을 사려고 하자, 15전이라고 하는 겁니다. "라켓 하나는 절반이다. 양손에 쥐기 때문에 두 개가 들어 있는 거다"고 하면서 두 개를 15전에 샀다고 합니다. 그러나 그 후 외국인이 가면 이제 저쪽도 알고 있어 다음부터는 두 개

---

3) 유곽촌을 가리킴.
4) 한문을 훈독하기 위해 찍는 부호를 훈점(訓點)이라고 하는데, 이러한 훈점이 없는 한문 서적을 무점본이라고 한다.

를 팔지 않았다고 합니다."

"그것도 장물 아닐까요?"

"뭐라고 말하기 어렵습니다."

"그러나 진짜 중국 취향은 여기에 있습니다."

"베이징(北京)에는 큰 것이 있다고 합니다."

"북경에도 가고 싶습니다만, 안 된다고 합니다."

"전쟁의 영향으로 기차가 통과하지 않으니까요."

해가 기울었다. 예의 꽃과 버들의 천하가 되는 때인데 시간이
없다.

뤼순(旅順)까지

뤼순 하면 노기(乃木)[1] 대장을 떠올린다.

학습원에 인사하러 간 적이 있었다. 대장은,

"고생 많습니다."

하고 정중하게 말씀하셨다. 세간의 평을 듣고 엄격한 분이라고만 생각했는데, 의외로 상냥한 분이셔서 조금 놀랐다.

귀가 아프셔서 적십자사병원에 계셨다. 거기에 병문안을 갔다. 대장은 침대 위에 앉아,

"와줘서 고맙습니다."

하고 인사를 했다. 시즈코(靜子) 부인을 처음 뵈었다.

"정말 감사합니다. 이 사람도 한가해서 학생들의 작문을 읽고 있었습니다. 재미있는 내용이 적혀 있어 웃고 있었어요."

옆에서 이런 이야기를 하는 부인은 매우 붙임성이 좋다.

맛있는 것을 대접받은 적이 있다. 내 바로 옆에 남편인 대장이 앉아 있었다.

---

1) 노기 마레스케(乃木希典, 1849~1912)는 러일전쟁에서 활약한 일본의 육군 군인이다. 메이지 천황이 죽자 부인과 함께 자결하였다.

"갈퀴덩굴(八重律)이라고 하는 것은 무엇입니까?"

"덩굴의 일종이라고 들었습니다. 실물은 아직 본 적이 없습니다."

"갈퀴덩굴 열매라고 하는 것을 받았는데요, 드셔보실래요?"

이런 말을 건넸다.

사진에 자필서명해서 나눠주셨다. 수정하지 않은 것이라서 대장의 면목이 잘 나타나 있다. 이것을 나는 지금도 잘 간직하고 있다.

마침내 대장의 장례식에 가야하는 날이 오고야 말았다.

시간은 짧지 않았다. 초저녁부터 아침까지 말없이 교대하면서 관 앞에 앉아 있었다. 학습원에서의 일, 병원에서의 일, 식사를 대접받은 일을 차례차례 떠올렸다.

이들 일을 다시 떠올리면서 다롄에서 뤼순까지 자동차를 타고 가고 있다.

길은 평탄하다. 나는 것 이상으로 차가 달렸다. 해안선이 긴 경치 좋은 갯벌이 빠른 속도로 바뀌어 눈이 돌 것 같다.

"너무 속력을 내서 무서웠습니다. 조심해 주세요."

도쿄를 떠나오기 전에 주의를 주었다. 그 속력 속에 내가 지금 있다. 그러나 딱히 무섭다고는 생각되지 않았다. 창밖 경치의 변화에 주의하면서 노기 대장을 여전히 생각하고 있다.

"단카2)를 읊으십니까? 저도 가끔 읊습니다만, 제가 하는 것은

---

2) 단카(短歌)는 57577의 일본 전통의 단형 시가를 가리킨다.

대충 하는 것이어서요."

이렇게 말씀하시던 것도 생각난다.

가문의 문양을 넣은 모시 휘장을 걸치고 침대 위에 앉아 계시던 모습도 생각났다.

수염을 상당히 기르신 것도 잊을 수 없다.

　　보는 그대로 사라져가는 중에 머물러 있는 확실한 것이
　　있네 님을 빼온 얼굴은
　　見るまゝに消えゆく中に留まりて確かなりけり君が面わは

동계관산(東鷄冠山)

볼일을 마치고 우리를 태우고 차는 시가지를 벗어나 산으로
향했다. 언덕을 조금 올라간 지점에서 멈췄다.

오늘은 뤼순을 잘 아는 호리코시(堀越) 군이 안내자이다.

"여기가 동계관산 북보루(北堡壘)입니다."

[사진 14] 동계관산 북보루

보루라는 것을 본 적이 없는 나는 호기심에 가득차서 뛰어올라가 섰다. 산정에 크게 파인 곳이 있다. 그 중앙의 높은 곳에 포탄이 있었다. 주위에 참호가 있다. 또 그 주위에 많은 총구멍이 뚫린 콘크리트 벽이 있다. 그것이 일본군 쪽으로부터 완전히 숨겨져 있다.

내려서 참호에 들어가 보았다. 생각한 것보다 깊다. 벽을 따라갔다. 입구가 있어서 들어갔다. 중앙은 충분히 기거할 수 있는 넓이다. 러시아 병사는 이곳에 있으면서 참호에 뛰어 들어온 일본 병사를 사격한 것이다. 건너편만 신경을 쓰고 있기 때문에 돌격해 오는 일본 병사를 뒤쪽으로 나아가 공격하는 것은 그야말로 용이하지 않았을 것이다.

"이런 상태로 되어 있었을까요?"

"여기에 크고 작은 서른 개 넘는 문에 대포가 있어 충분히 사격을 했기 때문에 당해낼 재간이 없었을 거예요. 더욱이 여기까지 도달하기 위해서는 전기를 통해놓은 철조망이 깔려 있었으니까요, 우선 그것에 걸렸을 거예요. 물론 그걸 무너뜨리긴 했지만요."

우리는 지금 러시아 병사가 있던 곳에 서 있다. 밖의 참호 위로 나와서 기슭을 내려다봤다. 그다지 높지 않은 산이다. 그러나 전망은 상당히 좋다.

"어떤 식으로 일본군은 해치웠을까요?"

"8월 21일 총공격이 있었을 때, 네 나라의 44개 연대가 왔습니다만, 이 경사진 곳을 단숨에 올라가서 다시 나아가 바깥 언덕의 정상까지 올라가 일장기를 꽂았다고 합니다."

"그렇다면 이 근처까지 왔겠군요. 용감했네요."

"그러나 뛰어든 자는 모두 이 아래에서 시체가 되었으니까요, 비참하지 않습니까?"

눈에 보이는 듯했다.

뒤돌아보라 불에 타버려 재가 된 채로 모두 콘크리트 앞
에서 흩어진 영혼이여
かへり来よ火に煽られて灰のごとベトンの前に散りし魂

정공법으로 갱도를 뚫었지만 쉽지 않았다. 적도 파고들어 오고 있다. 마침내 폭발이 일고 활 모양의 구멍의 일각이 나타났다.

계속된 공방전으로 이곳의 일부를 점령했다. 싸움이 한층 격렬해졌다.

"적과 얼굴을 마주하고 이야기도 할 수 있었다고 하니 무서웠을 거예요."

"면과 술을 교환했다고 하니 인정미 있는 이야기네요."

"12월이 되어 대대적으로 폭파했는데, 너무 강해 일본군 중에 매몰된 사람도 있다고 합니다."

"사진에서 연기가 피어오르고 있는 것을 본 적이 있습니다. 완

전히 화산 폭발 같았어요."

"전쟁만큼 비참한 것은 없습니다. 정말이지 멈추게 하고 싶은
데요, 방법이 없을까요?"

"살아있는 한 어쩔 수 없겠죠."

　사람 자식이 평온할 수 있을까 하물며 신도 화살 들고 검
　들고 여전히 있는 것을
　　人の子の穩しからむや神だにも矢とり太刀とりなほあるも
　の を

이백삼 고지

산 아래에서 차가 멈췄다. 길이 구부러지면서 우리를 위로 데려갔다. 산은 풀로 덮여 있다. 볼 만한 것은 아무것도 없다.

날이 너무 덥다. 땀이 줄곧 흘렀다. 용기를 내서 한 굽이 한 굽이도는 사이에 정상에 도착했다. 두 갈래로 나뉘어 있다. 그 하나에 우선 도착했다. 이백삼 고지이다.

뤼순 공격에서 가장 큰 희생을 치러 점령한 곳임은 말할 것도 없다.

처음에는 아무런 설비도 없었다고 한다. 중간에서 방비하기 시작해 나중에는 힘을 쏟았다고 하는데, 지금 보니 아무런 유적도 없는 풀이 나 있는 낮은 산에 지나지 않았다. 두 번째 공격 시에는 일시적으로 점령했는데, 포기해버렸다고 한다.

그러나 뤼순을 함락시킬 필요가 있어 빨리 점령해야 했기 때문에 거의 전력을 여기에 쏟았다. 1904년 11월 27일부터 9일 간 공격을 계속해 12월 5일에 마침내 확실히 점령했다.

"이곳을 빼앗고 빼앗겼을 때의 모습은 어땠을까요?"

"삼천 명 남짓 죽고 육천 명 남짓 부상당했다고 하니, 얼마나 격렬했는지 상상이 됩니다."

"일본군도 훌륭합니다만, 러시아 병사도 굉장하군요. 이장한 인원이 육천 명 넘었다고 하니까요."

"그렇게 격렬하고 긴 전쟁은 어디에도 없을 거예요."

불꽃 올리며 힘과 힘을 합쳐서 무찔렀구나 지금 내가 서
있는 이 땅을 얻기 위해
火を投げて力と力あひうちぬ今しわが立つこの土のため

밀어 올리고 밀쳐 내리면서 같이 열광하며 서로 무너졌다. 불꽃과 불꽃이, 사람과 사람이, 절규와 절규가 서로 섞여 서로 겨뤘다. 이런 상태가 낮에도 밤에도 이어졌다.

무너져 내린 소용돌이가 일고 솟구쳐 올라 흩어져버렸구
나 그 사람들은 모두
崩れ落ち渦巻きのぼり湧きかへり乱れたちけむその人らはも

노기 대장의 필체로 쓴 이령산(爾靈山)[1] 기념비 앞에 섰다. 어느새 올라온 사람이 가까이 다가왔다.

"노기 대장의 아들이 죽은 곳은 저 근처입니다."

---

1) 이백삼 고지의 다른 이름.

아래를 가리키며 가르쳐 주었다.

두 명의 아이 행방도 묻지 않고 상냥히 웃고 계셨다고 들
으니 가련한 장군이여
二人子のゆくへも問はずにこやかにましぬとぞいふあはれ
将軍

"여기의 산도 아름답군요. 이처럼 작은 소나무가 무성하니까요."
작은 소나무의 녹음이 짙게 가까운 산과 계곡을 덮고 있다.
"여기에는 아직 철조각이랑 뼈가 얼마간 있습니다. 조금 파보
면 곧 나옵니다."
지면에서 바로 작은 철조각을 주워 보였다.

푸릇푸릇이 이어지는 산들이 여기에 끊겨 백 명 천 명의
목숨 생각나게 하구나
青やかに連れる山こゝにして消えし百千の命おもへや

항구가 거의 보였다. 바다도 맑게 개어 있다.
동쪽 항구는 좁다. 서쪽 항구는 넓다.
"저 좁은 곳에 적의 군함이 숨어 있었던 겁니다."
가리키며 말해주었다.
"이곳을 점령하고 산 뒤에서 저곳으로 화살을 쏜 겁니다. 거기
에 관측소를 만들었습니다. 결과를 모두 알고 있기 때문에 안타

깝습니다. 적의 군함은 8일에는 금세 없어져 버렸습니다."

이 사람은 사진사라고 한다. 오는 사람들에게 열심히 가르쳐 준다고 한다.

폐색선(閉塞船)2)이 침몰한 곳은 지도에 점으로 표시되어 있다. 항구는 정말로 좁다. 저곳을 막아버리면 군함의 출입은 불가능해진다. 불가능까지는 아니라도 방해가 된다. 결행은 교묘하지만, 적도 적 나름이다. 성공은 기약하기 어렵다. 그것을 수행한 것이다.

"저쪽으로 모여드는 것을 가까운 곳에서 탐해등(探海燈)으로 비춰서 모조리 보였을 거예요. 활로 쏘면 명중했겠죠."

"눈부실 정도로 빛과 포화 속을 척척 나갔다니 정말 용감했던 것 같아요."

> 소리도 내지 않고 건장한 장부 삶과 죽음을 빛과 어둠이
> 섞인 물결이랑을 타고
> 声立てず健夫や乗りし生と死と光と闇とまじる波間を

떠오르는 것은 또한 가타오카(片岡) 대장이다.

"일본해 해전 때는 비교적 쉬웠지만 뤼순의 8월 해전 때는 포화가 집중되어 가장 위험했습니다. 높은 사람이었기 때문에 당연히 적의 목표가 되었으니까요."

---

2) 항만에 파도를 막기 위해 가라앉힌 배.

대장의 이야기는 저쪽에 보이는 바다를 말하는 것이리라. 대장의 온화한 모습은 그때도 변함없었을 것이다. 아, 그 사람도 노기 대장과 함께 지금은 없다.

소리도 없이 파란 기름을 흘려 보내는 걸까 해질녘 가까이에 황해에 이는 물결
おともなく青き油を流すかな夕ぐれ近き黄海の潮

비 내리는 펑톈(奉天)

펑톈을 대공격한 것은 내가 징병검사를 받은 해였다. 전쟁 직후에 병사가 부족해 대대적으로 징발이 있을 거라는 소문이 무성히 일었다. 교수회 석상에서 교장인 다카미네(高嶺) 선생님이,

"오노에(尾上) 군, 자네는 이번에 징병검사를 받는다고 들었는데."

"받습니다."

"지원병입니까?"

"아니오, 보통의 병정입니다."

'보통의 병정'이라고 하는 것은 상당히 이상했다. 스스로도 그런 생각이 들었는데, 남들도 그렇게 생각한 것인지, 아니 나 이상으로 그래 보였다. 일제히 와 하고 웃었다. 나도 모르게 웃어 버렸다.

근시안과 체격이 좋지 않아 결국 나는 '보통의 병정'으로 나가지 못했다. 그리고 봄바람 가을비에 이십여 년이 지난 지금, 지도상으로만 알았던 그곳에 내가 와 있는 것이다.

장쭤린(張作霖)1)이 베이징에서 퇴각했다. 선양(瀋陽)역이 가까워서 폭발 때문에 사망했다. 일대 사건이 반드시 일어날 것이라는 소문이 계속 일었다.

"만주의 일본군은 펑톈에 모여 있다고 합니다."

"그렇지 않으면 거류민이 위험해질 정도로 폭발이 있겠죠."

이런 말을 하는 사람들이 있다.

"그런 곳에 가지 않아도 괜찮지 않습니까?"

"조금 더 기다렸다가 평화로워지면 가보는 것이 어때요?"

우리를 만류하는 사람도 있었다.

"다롄에 가면 대체로 상태를 알 수 있을 거예요. 그래서 나아갈지 물러설지 결정합시다."

이런 제안을 했다. 신의주까지 마중 나온 호리코시 군에게 물으니,

"괜찮습니다. 아무 일도 없습니다."

이렇게 명확한 답을 했다.

"그럼, 아무튼 다롄에 가고, 뤼순도 보고, 그 다음에 가보시죠."

그 정거장에 지금 내린 것이다.

---

1) 장쭤린(張作霖, 1873~1928)은 만주지방과 중국 북부지방의 일부 지역을 지배한 중국의 정치가이다. 일본에게 만주지방에서의 여러 가지 이권을 얻게 해준 대가로 일본의 암묵적인 지지를 받아 자신의 권력을 유지했으나, 1928년 6월에 극우파 일본인들이 일본의 만주 점령을 위해 장쭤린이 탄 기차를 폭파시켰다.

호리코시 군이나 아다치(安達) 군 등의 마중을 받아 선양관(瀋陽館)에 도착해 보니, 과연 형세는 아직 평온치 않은 것 같았다. 복도에서 스치는 사람은 몸통이 장대한 다부진 사람들이다. 군복은 입고 있지 않지만 장관, 차관 정도임을 곧 알아챘다.

"지나인인줄 알았는데, 일본인이구나."

지나 옷을 입고 있는 아내를 보고 말할 정도로 지나인은 주시를 받고 있는 것 같다. 좋지 않은 곳에 왔다는 느낌도 들지만, 또 다른 정취를 느낄 수 있다는 생각이 들자 즐거운 기분도 든다.

이야기가 곧 이런 이야기로 옮아갔다.

"실제로 뭔가 일어날 것 같았어요."

"어느 쪽이 어떻게 해보려고 한 거예요?"

"그런데 지나 측에서 매우 온화했기 때문에 결국 일은 벌어지지 않았습니다."

"장줘린 사건에는 모두 놀랐죠?"

"가서 보시면 곧 알 수 있는데요, 경봉선(京奉線)과 만철선이 교차하고 있어 펑톈까지 얼마 안 되는 지점에서 갑자기 사건이 일어났으니까요."

펑톈 대전투도 우리의 젊음이 사라지는 것처럼 옛날 일로 이야기되겠지.

"일본 군대는 어디에 있는 겁니까?"

"초등학교를 본영으로 하고 있습니다. 마을 입구에는 철조망이 준비된 곳도 있습니다."

보고 싶은 호기심이 앞섰다.

비가 촉촉이 내리고 있다. 현관에 나가자 지배인이 말했다.

"비가 자주 내리는군요. 이런 일은 없었습니까?"

"요즘 이렇습니다."

"장마 같군요."

"동네에는 우산 파는 집도 거의 없었는데요, 요즘은 생겼습니
다. 여관에서도 우산을 준비해야 합니다."

큰 도로를 차가 달렸다. 낭련(浪連) 거리라고 한다. 당당해 보였
다. 광장이 보였다. 대전 기념비가 육십 척 된다고 하는데, 우뚝
솟아 있다.

이른바 만철 부속지를 벗어난 곳에 지금 들은 철조망이 둘러
쳐져 있는 것이 눈에 띄었다. 튼튼한 나무를 길게 이어서 붙여
놓았다. 울타리 등에서 자주 보는 것과는 완전히 다른 훨씬 튼튼
한 것이다.

"저것 사용한 적 있습니까?"

"별 일 없었기 때문에 사용하지 않았습니다. 골목길에 넣어둔
상태입니다."

"일이 없다니 정말 다행이네요."

차는 빨리 달려 이른바 성내(城內)를 향해 나아갔다. 건너편에
지나풍의 큰 문이 보이기 시작했다.

"저것이 대서문(大西門)입니까?"

"잘 아시네요."

"지금 막 지도에서 봤습니다."

문의 좌우는 말할 것도 없이 성벽이다. 회색이 음울한 느낌도 주지만, 오히려 중후한 맛도 있다. 가도는 넓지 않다. 진흙을 튕기면서 차가 지나갔다. 큰 쥐색 건물이 보였다.

"저기에 장쭤린이 있었습니다."

"지금은 장쉐량(張学良)2)이 있는 겁니까?"

"그렇습니다. 지나풍의 건물 중에 서양풍이 있는 것은 묘하게 보이죠?"

"조금 조화가 좋지 않아 보이는군요."

지나의 순사나 병사가 곳곳에 서 있다. 모두 젊고 온화한 용모를 하고 있다. 그중에는 열 몇 살 정도의 아쓰모리(敦盛)3)를 현대풍으로 해놓은 듯한 모습도 보인다.

펑톈은 청나라 발상지이므로 모든 것이 대규모일 것으로 생각하고 봤는데, 거리는 의외로 비좁았다. 동서남북의 네 문을 통해 큰 거리가 십자형으로 만들어져 있다고 하는데, 그 큰 거리가 이것이다. 궁전 앞을 지나자 예의 병사가 서 있고, 둥산성(東三省) 헌병사령부의 책상이 걸려 있다. 당당한 궁문이 나란히 있고 바로 도로에 접해 있어 그윽한 멋은 없다. 그러나 비에 젖어 빛나는

---

2) 장쉐량(張學良, 1898~2001)은 중국의 군벌정치가이다.
3) 아쓰모리(敦盛, 1169~1184)는 일본 헤이안시대의 무장이다.

고전적 색채가 찬연히 주위를 빛내고 있다.

> 먼지처럼 비 흩날리는 가운데 노란색 기와 붉은색의 기
> 둥이 선명하게 보이네
> 塵のごと雨のかゝれば黄のいらか朱の楹のあざらかに見ゆ

차가 멈춘 곳은 만철공소(滿鐵公所)이다. 지나 옷을 멋지게 입고 일본어를 잘 하는 사람이 나와서 응대했다. 일본어를 잘한다고 생각했는데, 명함을 교환하고 보니 진짜 일본인이었다.

안뜰 위에 있는 큰 액자, 이것은 장쮜린이 쓴 글이다.

"이 건물은 보기 드물게 훌륭하군요."

"기와나 색채도 북릉(北陵)과 마찬가지로 만들었다고 합니다."

기와의 푸른색 등은 상당히 공을 들여 만든 것이라고 한다. 귀빈실, 응접실, 식당도 지나식으로 만들어 휘황찬란했다. 발코니에 나가 보니 비가 많이 와서 밖이 보이지 않았다.

"사고전서(四庫全書)[4]를 보고 싶습니다만."

"그것은 이미 통지해 뒀습니다. 바로 오십시오."

차를 돌려 궁전까지 갔다. 옆의 교육회라고 문에 표식이 붙어 있는 곳으로 들어갔다.

문조각(文潮閣)이라고 하는 것이 이곳의 이름이다. 학식이 뛰어

---

4) 사고전서(四庫全書)는 경(經), 사(史), 자(子), 집(集)의 네 부분으로 이루어져 있으며, 중국 고대로부터 당대(當代)까지의 모든 서적을 망라한 총서를 가리킨다.

난 유생 같은 나이 든 사람이 길을 안내해 주었다. 경(經) 부분이 20가(架)로 960함(函), 사(史) 부분이 33가로 1,584함, 자(子) 부분이 22가로 1,584함, 집(集) 부분이 28가로 2,016함이어서 전체 103가 6,144함으로, 3만 60책이 누각의 계단 위아래에 소중히 간직되어 있다고 한다. 한번은 위안스카이(袁世凱)[5]가 베이징으로 옮겼다고 하는데, 장쥐린이 다시 돌려놓았다. 그 덕분에 우리도 이곳을 접할 수 있는 것이다.

사고전서라고 하는 이름은 귀에 익숙하다. 그 원본을 청조 전성기에 등사판으로 인쇄한 것이 어떤 것일까 궁금했는데 여기서 비로소 볼 수 있게 된 것이다.

실로 훌륭했다. 질서 있게 잘 쌓아올리고 순서대로 바르게 정리해놓은 서가와 상자들이 줄지어 있어 끝이 보이지 않는 성벽을 보고 있는 것 같다. 게다가 틈이 없는 배치와 정돈된 상태는 성을 짓는 사람이 시간을 들여 만들어 올린 것이라고 생각될 정도였다.

나이 든 유생 같은 사람을 비롯해 다른 사람들이 안내를 잘해 주었다. 특히 그중 한 사람은 매우 상냥하고 청을 하면 모두 열어서 보여주었다. 기뻐하면서 보고 있으니 등사된 문자가 훌륭하고 정확해 갈겨썼거나 간략히 생략해서 쓴 것은 하나도 없다. 원래 오자도 없을 것이다. 탈자도 있을 것 같지 않다. 확실함

---

5) 위안스카이(袁世凱, 1859~1916)는 중국의 군인이자 정치가로, 조선에 부임하여 국정을 간섭하고 일본과 러시아를 견제했다.

과 근엄함이 전체를 지배하고 있다.

계단 아래와 계단 위, 오른쪽으로 돌고 왼쪽으로 돌아 이것을 뽑고 저것을 펼쳐보며 질리는 줄도 몰랐다. 비 때문에 어디나 어두컴컴한데, 기재가 명확히 되어 있어 헤매는 일이 없다. 끝에서 끝까지 눈길이 미친다.

문득 도구성(陶九成)6)의 「서사회요(書史會要)」가 눈에 띄었다. 일본의 책을 칭찬하고 있는 곳, '二王之迹而中土能書者亦鮮能及紙墨光精'을 펴서 안내인에게 보이자 빙긋 웃는다. 나라 자랑하는 것을 비웃고 있었을 것이다. 나도 이끌려 따라 웃었다.

    국가라 하는 거리는 없어지네 사람과 사람 책을 가운데
    두고 서로 미소 짓는 때
      国といふ隔はあらじ人と人書を中にて笑みあへる時

나오자 사람들이 정중하게 배웅을 해줬다. 그 일부는 다시 궁전의 일부에 안내해 주었다.

"여기가 극(劇)을 관람하는 곳입니다."

"이렇게 바람이 불어서 물건이 뒤집힐 정도니 겨울은 춥겠네요."

"아니오, 관람석은 모두 온돌이라고 합니다."

과연 한가운데에 무대가 있다. 올라가 봤다. 서양풍의 투시화

---

6) 도구성(陶九成)은 도종의(陶宗儀, ?~1369)를 말하는데, 중국의 원나라 말 명나라 초의 학자이다.

법이 신기하고 흥미를 끌었는지 여기저기 사용되어 있다. 이곳에서 극을 온돌로 따뜻해진 자리에서 본다면 재미있었을 것이다.

여기에서 나와 사람들은 헤어졌다.

뜻하지 않게 다시 만나는 날이 있으리라곤 모르고 스쳐
가네 얼굴 잊어버리고
ゆくりなく再び逢はむ日ありとも知らでや過ぎむ面忘れして

차를 타고 대동문(大東門)으로 향했다. 서고에 들어가 이것저것 가로질러 돌아봤다. 상하이 주변의 석판 인쇄본이 많다. 대체로 도쿄에서 한 번 본 것 같다. 조금 샀다. 두세 가지 진귀한 것을 물어봤지만, '없다'는 대답이다.

소동문(小東門)에서 사평가(四平街)로 들어갔다. 펑톈의 긴자(銀座) 거리라고 한다. 비 때문인가, 그다지 사람이 많지 않다. 길순사방(吉順絲房)이라고 하는 곳에 차를 댔다.

일본인 상대는 소중히 하는 것처럼 보였다. '일본 분위기로 만든 것도 있습니다'와 같은 문구가 적혀 있다. 선물을 조금 사고 5층 위의 발코니로 나갔다. 비가 얼추 그치고 바람이 상당히 강하게 불었다. 이를 견디며 눈을 부릅떴다.

가장 가깝고 크게 우뚝 솟아있는 것은 궁전이다. 장쉐린의 대수부(大帥府)도 이곳이라고 한다. 만철공소도 보인다. 이 건물들 사이에 여러 인가, 각종 점포가 혼잡하게 처마를 나란히 하고 늘어서 있다. 그런데 그 가운데를 큰 길이 종횡으로 통과하고 있다. 이들 거리를 전체적으로 돌아 회색의 안쪽 성벽이 대체로 사각형으로 이어져 있다. 그리고 그 밖을 큰 바깥 성벽이 길게 꾸불꾸불 이어져 둘러쳐 있다.

"저것이 높이가 서른 척 이상 됩니까?"

"그렇게 보이지 않습니다만, 그렇습니다."

"저 정도라면 위에서 대포차를 간단히 격파할 수 있겠네요."

"장대하네요."

"저 흰색 탑 형태도 굉장하군요."

"저 나마탑(喇嘛塔)도 재미있죠?"

서로 이야기했다.

대성벽의 건너편에 상업용 부두 부지와 만철부속지의 인가가 즐비했다. 그 너머로 작은 언덕도 거의 보이지 않는다. 다만 희미하게 검푸른 것이 있다.

"저것이 북릉(北陵)입니까?"

"그렇습니다. 오후에는 저쪽으로 가봅시다."

"이렇게 비가 오고 있는 상태로는 길이 어떨까요?"

성벽 밖은 망망한 고량밭이다. 그 사이를 통과하는 만주 일류의 길은 어떻게 되어 있을까.

그러나 그보다도 이 장대함은 어떠한가. 누른 기장의 밭이라기보다는 들판, 아니 바다라고 해야 할 것이다. 이 들판의 바다는 사방으로 펼쳐 있어 황색이 매우 완만한 파도를 만들고 있는데, 멀어질수록 하늘이 흐려 검은빛을 띠며 끝없이 이어져 있다. 그저 하늘이 우리 머리 위에서 사방으로 매우 완만한 각도로 점차 기울고, 마침내 다 기울어 간신히 그 한계가 만들어져 있다. 그리고 구획선은 자연히 큰 원을 이루고 있다. 바다에서 수평선이 둥글게 우리를 둘러싸고 있는 것을 이번에는 배에서 봤다. 육지에서는 지평선이 이렇게 수평선과 다르지 않다는 것을 이곳에서 비로소 알았다. 하늘은 크고 둥근 배롱이 되어 둥근 지상에 우리를 덮어주고 있다. 우리들은 새일까. 나는 것을 모른다. 벌레일까. 간신히 걷는 일, 기는 일을 할 수 있다. 그러나 그것도 하늘과 땅이 큰 것에 비하면 아무것도 아니다. 지금으로부터 옛날 일이지만, 광야로 도망간 러시아군, 뒤쫓아 간 일본군, 그 많은 수도 그저 개미떼가 우왕좌왕하는 것에 지나지 않았을 것이다.

하늘과 땅의 넓은 마음 향하니 작아져가는 아이는 해야
할 말 잃어버린 채 있네
天地のひろき心に向ひつゝ小さなる子のいふところなき

눈 깜빡이지 않고 바라보지만 하늘과 땅이 넓은 것에 가
슴이 벅차오르는구나
まじろかず向ひてはあれど天地の広きに心堪へられなくに

넓고 넓은 이 하늘과 땅 사이에 있으니 사람 자식 따위

는 작게 태어남을 알았네

　ひろきこの天と地との中にしてなど人の子の小く生れし

　천지의 크기 보게 하려고 신은 새삼스럽게 데리고 온 것
인가 여기에 우리들을

　天地の大きさ見よとことさらに神は引きけむこゝにわれらを

북릉(北陵)

덜컹덜컹 자동차가 움직이기 시작했다.

자동차로는 길이 나빠서 갈 수 없다고 해서 호리코시(堀越) 군이 마차를 세냈다. 차는 좁고 의자도 작다. 페인트가 벗겨진 철문의 판자가 떨어질 것 같다. 비좁게 앉아 있는데, 비 온 뒤의 울퉁불퉁한 길에 마부가 채찍을 들었다.

양쪽의 가게는 대체로 작고 게다가 더럽다. 무슨 반점이라는 글자가 조금 크게 눈에 띄었다.

"반점이라고 하면 간이식당 정도일까요?"

"그렇지도 않습니다. 당당히 어엿한 식당으로, 그렇게 적혀 있는 곳도 있습니다."

"과연 수호전에도 나오잖아요. 옛날부터 그렇게 보입니다."

"'입구의 술을 가져오라'고 말하는 호걸 같은 사람도 보이지 않습니다."

"주귀(朱貴)와 같은 주인도 없잖아요."

외곽으로 나가니 큰 절 같은 곳이 있고 쥐색의 토담이 이어져 있다. 이를 따라 적토의 진흙길을 차가 지나갔다. 반대편에는 탁한 물이 넓게 차 있다.

"묘한 곳에 연못이 있군요."

"연못이 아닙니다. 그저 물이 고여 있는 겁니다."

"그런 것이 길 한가운데에 있는 것은 왜입니까?"

"배수라는 것을 생각하지 않으니까 고이면 완전히 마를 때까지 물은 없어지지 않습니다."

"조금 낮은 곳에 작게 길을 만들면 괜찮을 것 같은데요. 옆에 강도 있지 않습니까."

"그게 지나 분위기라는 겁니다. 길은 일반인이 지나다니는 곳으로 나 한 사람의 것이 아니기 때문에 그런 일로 고생하는 것은 쓸데없는 일입니다. 그보다는 튼튼한 차를 만들어 그 위를 고장 없이 지나는 것이 똑똑하다는 거죠."

"그럼 길은 더욱 망가지지 않습니까."

"망가져도 무너져도 자기 혼자의 것이 아니니까요, 아무래도 상관없는 겁니다."

"철저한 이기주의군요."

집이 점점 드물어졌다. 사방이 모두 평탄하고 고량밭이 계속 보였다. 저쪽에서 한 줄기 철로가 달리고 있다. 이쪽에서 다시 한 줄기, 기울어 달리고 있다. 그리고 이들이 교차한다.

"저것이 만철선, 이것이 경봉선입니다. 그 교차점에서 폭발이 있어 장쭤린이 살해된 겁니다."

"저런 곳에서 말입니까? 완전히 훤히 보여 숨을 곳도 없지 않습니까. 무엇을 하려 해도 할 수 있을 것 같지 않은데요."

"그게 가능했기 때문에 신기하다고 하는 겁니다."

"역 바로 근처에서 당했기 때문에 매우 유감스러웠을 거예요."

"유감스럽게 생각할 틈이 있었는지 없었는지, 아마 없었을 겁니다."

"골패(骨牌)도 떨어져 있었다고 합니다. 그때까지 들고 다녔던 거겠죠."

"완전히 불의의 사고였던 거죠."

지금 세상은 하늘의 별도 내려오지 않구나 생각지도 못
했던 사람을 여의었네
今の世はみ空の星も落ちて来ずおもひもかけぬ人を死なしむ

집은 전혀 보이지 않고 길은 고량 밭 가운데로 나 있다. 밭과 밭의 경계가 없어 심어놓은 것이 없는 곳은 사람도 차도 어디를 가도 막힐 곳이 없을 것 같다. 적토의 진흙이 길 가득 차서 마른 곳이 전혀 없다. 차의 흔적이 깊이 패어 소위 배도 놓일 수 있을 것 같다.

다리를 건널 때 덜컹덜컹 소리가 났다. 전방에 보기 드물게 숲이 보이기 시작했다. 어디를 봐도 차갈색의 한중간에서 문득 이 초록을 보게 된 것이다. 사막에서 오아시스를 만난 기분이랄까.
기쁘다기보다 믿음직한 느낌이 일었다.

[사진 15] 북릉

숲이 점점 가까워졌다. 마침내 차가 그 한가운데로 들어갔다.
그다지 큰 나무는 없다. 그러나 녹음이 짙다. 길옆에는 잔디가
푸릇푸릇하다.

숲으로 들어가면서 나무의 키가 점차 커졌다. 초록이 점점 짙
어졌다. 드디어 북릉에 도착했다.

문이 나타났다. 파수병이 서 있는 것이 보였다. 그 근처까지
가서 차가 멈췄다. 위험해 보이는 문을 닫고 내렸다.

펑톈 대양(大洋)의 시세가 하락했다. 길을 나설 때 받은 지폐를

내고 호리코시 군이 입장권을 샀다. 십 원 지폐 몇 장인가가 그에 해당하는 것이다. 잠깐 들으면 놀라운데 일본의 돈으로는 소액이다.

패루(牌樓)을 올려다봤다. 전산문(前山門)이라는 곳을 통과했다. 거기에서 연와담이 시작되어 좌우로 이어져 있다.

한가운데의 모랫길 위를 조용히 걸어갔다. 양쪽에 말, 낙타, 코끼리, 사자, 표범 등의 돌조각상이 정연하게 늘어서 있다. 그 뒤의 소나무는 나무 형상이 재미있다. 각각 무거울 정도로 무성하게 느긋이 가지를 늘어뜨리고 있다.

"'네가 가시밭 가운데 있음을 보라'고 동으로 만든 낙타를 향해 한 이야기가 여기에도 해당될 것 같은데요."

"녹음이 비교적 좋아 가시밭이라고까지는 하지 않아도 될 것 같은데요."

"그렇긴 해도 쓸쓸하군요."

"그 말은 태종이 탔던 말을 사생한 것이라고 합니다."

"저것을 타고 산해관(山海關)을 나가려고 했으나 나가지 못했군요."

이자성(李自成)의 반란과 오삼계(吳三桂)의 구원은 아이신가쿠라(愛新覚羅)[1] 씨족에게 의외의 행운이었다. 이것이 있었기 때문에 산해관이 열리고 중원 진출이 용이해졌다. 태종은 이를 이룩하지

---

1) 아이신가쿠라(愛新覺羅) 씨족은 만주의 여진족으로 중국을 통일해 청을 세운 혈통이다.

못하고 죽은 것이다. 베이징으로 수도를 바꾼 것도 모르고, 미증유의 대판도를 이룩한 성취도 알지 못하고, 중화민국으로의 혁명도 물론 모른다. 이 옛 도읍지의 일각에 영구히 잠들어 있는 것이다. 이 능을 조영한 일에 종사한 후대 제왕도 조정의 신하도, 그 이하의 몇 천 명 모두 세상을 떠나 이후의 거센 변화를 조금도 모른다.

알아 다행인 것도 많았겠지만 모르고 있을 수 있다는 행
복도 적기야 하겠는가
知る幸も多かりぬべし知らずしてあらるゝ幸も少なからむや

뒤를 보니 패루와 전산문, 건너편을 바라보니 패각(牌閣)과 융은문(隆恩門), 융은전(隆恩殿), 비늘처럼 이어진 기둥의 노란색과 벽의 붉은색, 애를 써서 색을 나눠 칠해 세밀하게 쌓아 올린 붉은색, 청색, 이들이 다시 어떤 것은 이층으로, 또 어떤 것은 삼층으로 서로 겹쳐 중첩되면서 초록 속에서 솟아오르는 듯한 모습이 보지 못한 세상의 아방궁이 그림 위에 월궁전으로 나타난 것 같다.

그러나 떨어져야 할 것은 떨어지고 누워야 할 것은 누워, 잡초와 덩굴이 그 사이를 잇고 있다.

패각에 들러 봤다. 큰 비(碑)가 가운데에 있다. 강희제(康熙帝)의 무덤에서 한(漢), 만(滿), 몽(蒙) 세 가지 말로 적은 태종 신공의 글이 새겨 있다.

패각 뒤의 융은문의 다섯 색채는 특히 찬연하게 눈을 쏘았다. 그 옆에서 앞뒤의 경관을 자유로이 보기 위해 연와담에 올랐다. 문의 좌우로 담이 늘어서 있고, 공히 양 모서리의 일각에 있는 누각까지 직각으로 꺾이고, 다시 다른 양 각의 각각의 일각에 있는 누각에 이르기까지 각 누각에서 한가운데의 누각으로 이어져 끝난다. 담에 포위되어 한가운데에 있는 것이 융은전이다.

담 위는 큰길처럼 넓다. 게다가 평탄하기 때문에 앞뒤를 바라보면서 걸어갔다.

왼쪽의 궁전은 보성(寶城)이라는 이름이 있을 정도로 찬연하다. 융은전은 사방에 하나씩 각루가 있어, 앞에 삼층의 누문(樓門)이 있다. 또 높고 가파른 연와담으로 둘러싸여 있으니 한층 위엄을 지니고 제왕처럼 위세를 보이고 있다.

각루에서 각루까지의 오른쪽에는 놀랄만한 깊은 숲이다. 헤아릴 수 없을 정도의 노목이 무거운 가지와 짙은 잎으로 뻗을 만큼 뻗어 있고, 흐트러질 만큼 흐트러져 있다. 바라보니 큰 파도가 바람도 없는데 솟구치며 끓어오르고 있는 듯하다. 특히 그 아래의 풀도 또 무성할 수 있는 만큼 무성하다. 흡사 암초에 자란 해조류가 조수가 이는 대로 소용돌이 치고 있는 듯이 보인다. 숲이 부족한 만주에서 이러한 초목의 바다를 보는 것은 정말로 보기 드물다.

"노기 장군의 한 연대가 이른 시기에 여기까지 진군해 와서 러시아 군사에 포위되었다고 하는 것은 어디쯤일까요?"

"글쎄요, 어디쯤인지 확실히 모르겠네요."

"이 주변일까요? 여기로 들어와 버리면 어디에서 뭐가 올지 전혀 알 수 없으니까요."

"연대가 들어간 것은 오전 5시라고 하니 숲 속은 완전히 캄캄했을 거예요. 적도 어느 정도 일본군이 왔는지 몰랐을 거예요."

"격렬한 전쟁이었다고 합니다."

"연대가 거의 전멸할 지경이었다고 하니까요."

"완전히 어두울 때 크게 공격을 받았는데, 밝은 때에 보니 비교적 사람 수가 적어 분한 나머지 맹렬히 공격했을 거예요."

"정말로 이 숲에서는 수비하기에도 나아가기에도 곤란한 지경이었을 거예요."

"이 주변의 사람은 성격이 느긋해 들어도 거의 아무것도 몰랐을 거예요."

오늘은 다시 내일의 옛날이다 여기 이렇게 생각하는 만
으로 덧없는 일이로다
今日はまた明日の昔ぞこゝにしてかく思ふだにむなしかる
べし

각루를 지나 명루(明樓)로 오니 능의 바로 정면으로 오게 되었다.
부드러운 무덤이라기보다 태연한 큰 언덕이 바로 태종의 능이다. 이 능이 있어 앞의 여러 문도 있는 것이고, 여러 누각도 있는 것이다. 더욱이 위대함은 있지만 앞의 웅장하고 아름다운 것에 비하면 얼마나 슬프고 외로운가.

덩굴풀이나 띠 같은 들풀이 베는 사람이 없어 그대로 무성히 자라 덮고 있는 것은 침릉이라기보다 풀로 덮인 언덕이라고 해야 할 것이다.

새로운 나라 초석이 될 주춧돌 놓는 것처럼 이 능을 쌓아올려 조성한 것이리라
　新しき国の礎おくごとくこの陵は築き立てにけむ

깊이 배어든 풀에 맺힌 이슬도 깨우지 못해 지금도 평온하게 잠들어 있는 제왕
　浸み透る草の露にも醒めであれ今も安らに寝らむ帝は

능의 위라는 것도 모르고 뻗을 대로 자라난 모습을 보고 있네 개머루의 덩굴풀
　陵の上とも知らず伸びてほしいまゝなり野葡萄の蔓

계속 이어진 제왕의 꿈을 덮고 뻗어 있구나 무덤 위에 자라난 덩굴풀의 큰 잎들
　つゞくらむ帝の夢をおほひつゝひろごりたりや葛の大葉は

하얼빈의 밤(一)

예기치 못하게 빈혈을 일으킨 하룻밤은 오히려 편안했다.

10시 경 문득 현기증이 일어 토하고 싶은 기분이 심하게 일었다. 침대에 올라가 베개를 치워놓고 누워서 위를 바라봤다. 토할 것 같은 기분이 가라앉지 않아 내려 토하러 갔는데, 참을 수 없을 정도로 괴로웠다. 늘 있는 일이어서 금세 좋아질 거라고 생각했다. 그러나 왠지 마음이 불안해져 의사를 불렀다. 호텔 사람이 말했다.

"일본인으로 할까요? 러시아인으로 할까요?"

창춘(長春)에서 출발한 열차 안에 지나인, 러시아인만 타고 있어 어떻게 해야 할지 몰라 벌써 조금 곤란했다.

"물론, 일본인이 좋습니다."

이렇게 말하자,

"여기에서 오랫동안 개업해 일하고 있는 사람이 있으니까, 그 의사로 합시다."

라고 하면서 전화를 걸어줬다. 이것으로 마음이 든든해져 기다리고 있으니 점차 좋아졌다. 이윽고 의사가 와서 문을 두드렸을 때는 거의 평소의 기분이 되어 응답도 척척 할 수 있었다.

"당신의 병은 도저히 낫지 않을 겁니다."

의사답지 않은 말을 했다.

"어째서입니까?"

"병은 아무리 좋아져도 절대로 원래 상태로는 되지 않는 법이죠."

"그건 틀림없습니다만, 낫지 않으면 곤란합니다."

"귀국하면 잘 진찰 받아보세요."

"그러나 도저히 낫지 않는다면 하는 수 없는 거죠."

"그렇습니다만, 문제가 되지 않을 정도로는 해놔야 할 테니까요.."

"당신은 여기에 오랫동안 나와 있는 겁니까?"

"상당히 오래 되었습니다. 처음에는 러시아인만 진찰했습니다만, 요즘은 다른 사람에게 보내고 일본인만 진찰하고 있습니다."

"러시아인 쪽도 재미가 좋지 않습니까?"

"그렇습니다. 신문에 광고만 내면 곧 오니까요."

"그렇게 신문을 신용합니까?"

"그야 물론 신용하지요. 신문은 확실한 거라고 생각하니까요."

"마치 우리가 아이였을 때와 같군요. 우리 집 근처에 살고 있는 사람이 자신의 집안 일이 신문에 실려 명예로운 기분이 들어 읽어보니, 크게 착각한 거죠. 매우 화가 나 '신문은 거짓을 적지 않는다고 생각했는데, 적기도 하는구나' 하는 생각이 들어 주변에 '신문을 보지 마라', '신문을 읽지 마라'고 이야기하며 돌아다 녔다고 합니다."

"이 근방은 그 정도는 아닙니다만, 대체로 그런 정도입니다."

"그런 사람 속에 과격파 일당이나 제정시대의 사람이 많이 있을 거예요."

"여기서는 그런 일을 그다지 말하지 않습니다. 제정시대의 불쌍한 모습을 한 사람은 상당히 있습니다만."

의사는 한가한 듯이 그 이야기로 화제를 옮겼다. 밖에는 둥강 (東岡子)부터 계속된 비가 아직 계속 내리고 있다. 하얀 침대 위에 편히 누워 느긋이 이야기를 듣고 있으니 병도 외국에 있다는 것도 별 생각이 나지 않았다. 병도 그렇게 나쁜 것만은 아니다. 병이 없었다면 하루 머무르다 남쪽으로 돌아갈 예정이었다.

[사진 16] 하얼빈의 지나 거리

의사가 이야기하는 대로, 제정시대의 사람들은 매우 비참한 상태였던 것 같다. 이 호텔에 도착했을 때, 현관의 큰 문을 활짝 열었던 당당한 체격의 러시아인도 이미 그런 것 같았다. 나오자 앞의 길모퉁이에 손님을 기다리고 있는 자동차 운전수가 수염을 멋지게 기르고 있는 것도 그에 틀림없는 듯했다. 또 비가 추적추적 내리고 있는 길 가운데에 서서 비를 맞으며 뭔가 러시아어로 이야기하며 구걸을 하고 있던 노부인도 그와 관계가 있는 기분이 들었다. 이 노부인은 특히 불쌍했다. 우리가 다섯 명이 줄지어 우산을 들고 가자 곧 옆으로 따라와 뭔가 계속 이야기를 했다. 요코야마 군이 지갑에서 돈을 조금 꺼내주자, 이번에는 나에게 다가왔다. 무슨 말을 하는지 알아들을 수 없어 그냥 있으니, 아내에게 왔다가 교타이 군에게 다가갔다. 모두 알아들을 수 없어 시큰둥한 얼굴을 하고 있었다. 이번에는 이케다(池田) 군에게 다가갔다. 러시아어 선생님인 이케다 군은 조금 돈을 주었다. 돈을 받고 바로 물이 고여 반짝이는 길을 가로질러 작은 포장마차로 갔다. 거기에 있는 수박의 값을 깎아 사려고 했다. 쉽사리 깎아줄 것 같지 않았다. 마침내 단념했는지 다시 길을 가로질러 어둠 속으로 사라졌다.

"이곳은 저런 식이라 귀찮아 죽을 지경이에요."

"내지의 거지는 한 사람이 주면 대개 다른 사람에게는 오지 않는데요."

저렇게 하지 않으면 돈벌이가 적으니 하는 수 없을 것이다.

"형편이 달라지면 곧 적응해서 걱정하지 않는 것이 러시아인의 특징이라고 합니다."

"단념하는 것이 중요하군요. 옛날의 꿈을 언제까지나 꾸고 있는 것은 안 되겠죠."

"문학에서는 단념하지 못하는 것을 좋게 이야기하고 있잖아요."

"오자키 고요(尾崎紅葉)[1]의 소설 『다정다한(多情多恨)』의 류노스케(柳之助)와 같은 인물을 특히 재료로 골라 쓰니까요."

"요쓰야(四谷) 괴담의 오이와(お岩)와 같은 인물은 러시아에는 없을 거예요."

논의는 차치하고 단념을 잘 하는 것은 실로 칭찬할 만하다. 호텔 룸에서 식사를 했다. 고용인이 몇 명 왔는데, 그중에 노즈(野津)[2] 대장과 쏙 빼닮은 기품 있는 용모를 하고 있는 것이 특히 한 사람 눈에 띄었다.

"저 사람은 제정시대의 소장인가 중장인가 하는 사람입니다."

과연 그렇구나 하는 생각이 들어 다시 쳐다보니 그런 기색은 없고, 접시를 정리하거나 가져오고 나이프나 포크를 정리하거나 테이블을 깨끗하게 하는 것이 매우 부지런하다. 비분강개하는 얼굴을 해본들 어떻게 되지 않는다는 것은 물론인데, 재빨리 정

---

1) 오자키 고요(尾崎紅葉, 1868~1903)는 일본의 근대 소설가이다.
2) 노즈 미치쓰라(野津道貫, 1841~1908)는 일본 근대 초기의 육군대장으로, 러일전쟁에 참전했다.

리하고 척척 정리해 다른 고용인보다 훨씬 솜씨가 좋다.

"통일되지 않은 군대를 정리하는 것보다 쉬울지 모르겠네요."

"그렇긴 해도 안됐네요. 군대에서도 자신은 그저 대강의 지시만 내렸을 텐데요."

제정시대의 화려한 검이나 훈장, 유서 깊은 기구나 여러 가지 물건이 옛 시절을 이야기하는 듯한 느낌으로 어떤 가게에는 많이 진열되어 있었다. 이것들도 도망 나온 무리가 먹을 것을 사려고 판 물건들이다. 그리고 이 사람들은 누구나 할 것 없이 무국적이라고 한다.

"혁명이라고 하는 것은 결과가 무섭군요."

"과격한 사상을 가진 사람의 기분을 알 수 없어요."

"이런 모습을 그다지 생각하지 않기 때문이겠죠."

의사의 말과 자신의 생각이 서로 섞였다. '이보게 사람들, 희롱하며 노는 것은 하지 말게나 천지의 신들이 단단히 만들어놓은 이야마토국에서(いざ子ども戯業なせそ天地の堅めし国ぞ大和しまねは)'라는 옛 노래의 정서가 절실히 느껴졌다.

> 꿰어놓으신 오백의 백옥이여 조금의 흠도 없는 나라에
> 상처 나지 않게 해주오
> 御統の五百つ白玉いさゝかの瑕なき国に瑕つくなゆめ

비는 계속 내리고 있다. 때때로 바람이 일어 창을 때리는 소리

가 들렸다. 계단 아래의 댄스홀에서 피아노소리가 희미하게 들렸다. 점점 졸음이 쏟아졌다. 12시가 지났다.

하얼빈의 밤(二)

하얼빈의 댄스홀이라고 하는 이름은 자주 들었다. 그러나 어떤 것인지 상상해본 적도 없다. 전혀 별세계로 생각되었기 때문이다.

기분이 상당히 좋아졌다. 그러나 아직 완전히 일어날 수 있을 정도는 아니다. 침대에서 일어나 반은 자고 반은 깬 상태로 있다가 오후에는 제법 기운이 나서 혼자 일어날 수 있게 되었다.

그러나 조심해서 매우 간단한 만찬을 먹고 있으니, 예의 요코야마 군과 이케다 군 둘이 찾아왔다.

여기 동네에서는 영업이 오전 7시부터 12시까지, 오후는 3시부터 7시까지 하는 규정이다. 그중에는 이를 거슬러 밤에 9시 경까지 하는 곳도 있다고 한다. 그러나 대체로 이와 같기 때문에 살 것이 있으면 식후 산보 겸해서 할 수는 없다.

"전보를 쳐서 '오늘밤 갈 테니 특별히 열어놔 달라'고 말해뒀어요."

보석류라도 선물로 사려고 부탁해 놓았다.

"비도 잠시 멈춘 것 같으니 같이 가시죠."

바라보니 다시 비가 내리고 있다. 그러나 통행인이 우산을 받치고 있는 사람은 거의 없다. 대체로 젖어 있다. 그것이 예의 뚱뚱하고 키가 큰 사람들이어서 더욱 눈에 띄었다. 그렇지만 이 사람들은 전혀 아무렇지도 않게 큰 손을 흔들며 걸어 다니고 있다.

"저런 상태니 모직물이 편리합니다. 조금 젖어도 아무렇지도 않으니까요."

"우산은 준비하지 않는 건가요?"

"여자는 들고 다닙니다만, 남자는 별로 없는 느낌입니다. 상당히 비가 내리고 있는데 큰 길의 벤치에서 우산 없이 이야기에 몰두해 있는 모습을 볼 수 있습니다."

"내지에서도 이런 분위기가 되면 편리하겠네요. 그러나 아무리 모직물이라고 해도 장마라고 하는 긴 비에는 방법이 없을 겁니다."

"장마철이 있는 토지는 우선 곤란한 일이 많죠."

"만주에 도착하면 바로 황색 먼지 속을 걸을 생각으로 왔습니다만, 이렇게 비가 내리는 일도 있군요."

"올해는 특별합니다. 점차 기후도 일본화되고 있으니까요."

우산을 들고 걸어가는 것은 보기에 어색하지만, 없으면 도저히 우리는 걸을 수 없다. 도로는 의외로 좋지 않았다. 초석은 돌조각을 깔아놓은 것이어서 아스팔트의 평평한 부드러운 길과는 상황이 다르다. 곳곳에 물이 고인 곳도 있다.

"도로를 개수한다는 말은 나오고 있습니다만, 비용이 나올 곳이 없다고 합니다."

러시아를 가장 호의적으로 생각하는 고토(後藤) 군이 말했다.

"보세요. 옷을 저렇게 잘 입고 있는 것을. 일본인은 양복 입는 법을 모릅니다."

계속해서 말했다. 그야말로 말하는 대로이다. 우리가 입은 모습을 외국인이 본다면 그저 우스꽝스러울 것이다. 그러나 다시 이를 반대로 생각하면 '일본인은 일본 옷을 잘 입습니다. 외국인은 입는 법을 모릅니다. 이상한 형태뿐이어서 자신만만해져 사진이나 찍고 있지 않습니까.' 이렇게 말할 수 있는 것이다. 그 나라의 옷을 그 나라 사람이 입고 어울리는 것은 당연하다. 다른 나라의 것을 그것도 나른 나라 사람이 입고 어울리지 않는 것도 또한 당연한 이치라고 말할 수 있을 것이다. 그렇기는 하지만 앞뒤로 걸어갈 때 같은 옷을 입는 거라면 어울리는 편이 외관상 분명 좋을 것이다. 양복을 잘 입는 것도 연구해야 한다.

기타이스카야 거리로 나왔다. 이곳이 긴자(銀座) 거리라고도 말할 만한 곳으로, 순전히 산책로이다. 양쪽의 큰 건물은 모두 점포이다. 튜린이라고 하는 잡화점이 크게 세력을 떨치고 있다. 그 반대편에 마쓰우라(松浦)라고 하는 가게가 좁긴 하지만 높이 솟아 있다. 호텔 '모던'도 멋져 보인다.

9월 초인데, 장식한 창에는 모피로 된 따뜻해 보이는 기분 좋은 것이 이미 머리를 나란히 하고 있다. 겨울옷으로 보이는 기개 좋은 무늬의 기성복이 걸려 서 있다. 더욱이 매우 싼 가격표가 붙어 있다. 이것저것 모두 사서 돌아가고 싶다.

비가 조금씩 그치기 시작했다. 포석 위를 발소리 내지 않고 어깨를 나란히 하며 척척 지나가는 사람이 한 무리, 또 한 무리, 두 무리, 혹은 세 무리, 다섯 무리, 여섯 무리 금세 늘었다. 장식한 창에 시선을 빼앗기고 있는 우리를 바로바로 앞질러 가버렸다. 다양한 복장이 어느 것이든 경쾌 두 글자로 덮여 있다. 남자는 수염이 짙고 얼굴색이 하얀 사람이 눈에 띄고, 여자는 볼을 붉게 물들이고 눈 옆을 거무스름하게 칠하고 있는 사람이 많다. 이들이 계속 이어졌다.

"러시아인은 산보할 때 늘 이렇게 많이 나옵니다. 일본인은 노는 법을 모릅니다."

고토 군이 말했다. 과연 그렇기도 할 것이다. 그러나 노인이나 아이를 데리고 걷는 사람은 한 명도 보이지 않는다. 대체로 부부이거나 부부 같은 한 쌍이다. 일본의 가족제도와는 전혀 양립되지 않게 생각되었다. 더욱이 이렇게 해서 서두르는 것은 바 혹은 댄스홀 같이 그다지 좋은 곳을 가리키는 것만은 아닐 것이다.

하얼빈 양행(洋行)이라는 말이 있다. 하얼빈까지 가면 서양에 간 것과 마찬가지라고 한다. 실로 여기에서는 일본인의 그림자는 거의 보이지 않는다. 지나인도 또한 구두닦이나 과일 파는 사람 정도 외에는 그다지 보이지 않는다. 그저 양행해서 활보하는 것은 러시아인뿐이다. 유럽에 가면 여기에 각종 인물이 섞일 것이다. 사람은 올려다보듯이 높다. 가끔 낮은 것도 있지만 우리와 같은 정도는 없다.

추월당해서 좁게 걸어가는 이 바로 우리들 작은 야마토 국의 사람들이로구나
追ひぬかれ狭く歩みて行くものはわれら小さき大和国人

마에다(前田)라고 하는 보석점으로 돌아 도착했다. 크고 다부진 성의 나무로 된 문을 열고 들어가니 보석상자가 열린 채 펼쳐져 있다. 다이아몬드, 사파이어, 에메랄드, 루비, 질콘, 오색 이상의 찬란한 빛이 눈을 때려왔다. 한 개만으로도 놀랄 텐데, 사각사각 작은 모래처럼 취급되고 있다. 아내뿐만 아니라 다른 사람들도 넋을 놓고 바라보며 움직이려고도 하지 않았다. 전등 빛을 받아 수중에 움직이는 보석은 한층 색채를 뽐내고 있다.

"잘도 분실하지 않았네요."

"일본 쪽은 틀림없습니다. 단체가 상당히 많아도 괜찮습니다."

매우 든든하다.

나는 부를 수 없는 자동차를 요코야마 군이 불러 빗방울 크게 떨어진 빗속을 달렸다.

호텔에 돌아오니 아직 시간이 이르다. 조금 지난 후에 댄스를 보러 가자고 해서 차를 가져오게 해 마시고 있는 사이 적당한 시간이 되었다. 이층을 내려와 아래의 계단으로 굽어 내려가니 홀의 입구에 도착했다.

붙임성 좋은 러시아인이 "저쪽으로" 하고 안내했다. 들어가서 놀랐다. 앞의 보석상 테이블 위의 찬란한 보석을 전등으로 바꾸고 여자로 바꾼 환락장이다. 빛나는 전등의 빛, 그것이 서로 반사하는 아름다움은 뭐라 형언할 수 없었다. 그 아래에 볼연지를 짙게 칠하고 눈 주위를 거무스름하게 칠한 젊은 여자, 이들은 모두 살이 적당히 붙어 있다. 어깨 폭의 넓이, 팔의 두께, 가슴이 부풀어 오를 것 같은 높이, 이를 노출시켜 현란하지만 그러나 산뜻한 복장, 이에 덧붙여 미소가 곱다. 이 매혹적인 여자의 수는 몇 명일까. 수를 헤아리는 것만으로도 현기증이 날 지경이다. 테이블은 넓은 방의 구석마다 두 줄로 놓여 있다. 이에 기대고 있던 사람들은 주로 러시아인인데, 그중에는 지나인도 있다. 대체로 중년으로 보이는데 가끔 대머리도 섞여 있다. 이에 섞여 있는 젊은 여자들은 흡사 색이 강한 튤립을 수북하게 담아놓은 것 같다. 그 사이에 서서 음료나 먹을 것을 주선해주는 여자들은 큰 다이아몬드 링을 바람에 살랑거리고 있다.

숨이 막히는 여자의 냄새 술의 향기에 그만 마음도 흐려
지네 야밤의 방안에서

蒸せ返る女の匂、酒の香に心も霞む夜半の部屋かな

피아노가 건너편 구석에 놓여 있다. 남자 한 명이 연주를 시작하자 중앙의 넓은 석상으로 무희가 나왔다. 상대의 남자도 나왔다. 간단한 댄스가 시작되었다. 한차례 끝나고, 정성을 들인 다른 춤이 시작되었다. 한 쌍의 젊은 남자와 여자가 서로 안고 춤을 췄다. 밤이 깊어지면서 남녀의 쌍이 많아졌다. 대머리를 한 사람도 섞여 춤을 췄다. 눈에 띄는 미남자도 춤을 춘다. 체격이 큰 남자에 작은 여자, 거목에 매미가 달라붙은 것 같은 사람들도 춤을 춘다. 소금쟁이가 도는 것처럼 한 쌍 한 쌍이 빙빙 돌아가며 춤을 춘다. 그중에는 그저 의미도 없이 돌기만 하는 듯한 사람도 있다. 그러나 스텝을 밟는 것은 정확해 음악과 완전히 어우러져 있다.

돌연 피아노 소리가 멈추고 춤도 끝났다. 사람들이 각자의 자리로 돌아갔다. 정면의 무대 막이 올랐다. 그리고 무희 한 명이 나왔다. 남자 모습을 한 여자가 씩씩하게 춤을 췄다. 실컷 춤을 추고 갈채 속으로 사라졌다. 막이 내려왔다. 곧 지금까지 울리던 피아노가 다시 울리고 마루 위에서 댄스가 시작됐다.

내가 앉아 있는 테이블에 소다수나 포도주를 가져온 여자는 제법 애교가 있다. 아내가 말했다.

"이제 그만 돌아가요."

나도 따라서 아내의 말 흉내를 냈다. 소다수를 마시면서 끝도 없는 환락의 춤을 보고 있다. 또 피아노 소리가 멈추고 정면의 막이 열렸다. 남신(男神)처럼 흰색 옷으로 무장한 한 사람이 있다. 여신처럼 흰색으로 꾸민 여자가 또 한 사람 있다. 그 한 사람에 다른 한 사람이 얽혀 춤을 추기 시작했다. 한 사람이 다른 한 사람을 안고 높이 들어 올리며 돌자, 안긴 쪽이 몸을 거꾸로 빗나가게 하면서 여전히 춤을 췄다. 춤을 추며 올라가고 또 춤을 추며 내려가며 세로가 되기도 하고 가로가 되기도 하면서 멈출 줄을 모른다. 물이 흐르는 것처럼, 또 구름이 흘러가는 듯하다. 이 살아서 움직이는 명화에 갈채가 한층 높게 쏟아졌다.

러시아의 무희는 분명 춤을 잘 췄다. 본국에 있을 수 없어서 동쪽으로 계속 흘러가 지금 이곳에는 많은 사람이 거주하고 있다고 한다. 몇 번이고 춤이 시작되고 또 끝나면서 마침내 많은 젊은 남녀가 섞여 있는 무리가 나타났다.

한가운데에 있는 남자는 골계적인 느낌이 많고 독특한 복장을 하고 있다. 그가 소리 높여 노래를 부르기 시작했다. 그 좌우에 서 있던 여자들이 따라서 노래했다. 다시 가운데 남자가 노래했다. 이에 좌우의 여자들이 따라 불렀다. 노래하면서 춤을 췄다. 따라 노래하며 춤을 췄다. 춤을 추고, 또 춤을 추고, 계속 춤을 추고는 마침내 무대를 내려갔다. 남자도 여자도 좌우에 테이프를 아무렇게나 걸치고 계속 노래하고 계속 춤을 췄다. 테이프가 손님 테이블로 날아왔다. 손님의 머리에 걸리기도 했다. 여급사에게도 걸렸다. 사람들이 까르르 웃으며 떠들었다. 펄쩍 뛰어오르니 선풍기에도 걸렸다. 붉고 푸른 테이프 고리가 위에서 빙글빙글 소용돌이치며 마루 가까운 곳까지 내려왔다. 재미있어하며 다시 던졌다. 또 던졌다. 소용돌이는 점차 은밀해지면서 또한 넓어졌다. 갈채가 크게 일고 박수가 벽을 움직였다.

밤이 점점 깊어갔다. 사람들은 환락을 탐하면서 춤추는 것을 멈추지 않았다.

> 감추어봐도 쇠약해지지 않는 사람 있을까 쇠퇴해지지 않
> 는 나라 세상에 있나
> かくしつゝ衰へざらむ人ありや衰へざらむ国ありや世に

"이제부터 동네 상점의 대장들이 나와 점점 재미있어질 거예요."

"지금까지는 상점의 지배인 격의 사람들입니까?"

"대체로 그렇습니다. 당신들처럼 여행하는 사람도 있습니다만."

"저 미남은 누굴까요? 일본인일까요?"

"아마 지나의 배우겠죠."

"이 정도로 하고 나갈까요?"

"또 한 군데 특이한 곳으로 안내하겠습니다. 그곳은 일본인도 있습니다. 후리소데(振袖)[1] 모습으로 하는 댄스도 보기가 좋습니다."

---

1) 일본에서 주로 미혼 여성이 입는 전통 의상으로, 겨드랑 밑을 꿰매지 않은 긴 소

차가 달리기 시작했다. 잠시 후에 들어간 곳은 호텔 정도의 크기는 되지 않지만 작지 않은 댄스홀이다. 여기도 앞의 댄스홀과 마찬가지로 마루에서 손님과 무희가 춤추고 있다.

피아노의 가락이 바뀌자 무대 위에서 댄스가 시작됐다. 한 곡이 끝나자 다시 다른 곡이 시작됐다. 소다수 컵을 기울이며 바라보고 있었다. 일본인이 모여 한 테이블을 점령하고 있었다. 아내가 지나 옷을 입고 지나인처럼 하고 있기 때문에 진귀했는지 쳐다보는 사람이 많다. 이를 개의치 않고 보면서 음료를 마시고 있으니, 어제부터 남아 있던 위의 통증이 우연히 나은 것 같다. 소다가 많이 섞인 데다 특별히 소다수가 운 좋게 맞아떨어진 것 같다. 기뻐하며 보고 있었다. 그러자 붉은색, 청색, 백색의 다양한 조각을 모아 만든 주름 많이 잡힌 이상한 옷을 입은 남녀 한 무리가 무대에 나타났다.

"코카사스 주변 사람들이죠?"

"이상한 모습을 하고 있군요."

"남쪽지방은 묘하게 다르군요."

이런 이야기를 하고 있는데, 한 사람이 노래를 부르기 시작했다. 다른 많은 사람들이 합창했다. 노래는 물론 알아들을 수 없지만, 키가 작은 사람들의 검은 얼굴, 얼굴 전체에 가득한 큰 입은 너무 보기 흉했다. 예술적 가치가 있는지는 모르겠지만, 농민

매가 달린 기모노를 가리킴.

예술로 치더라도 매우 열등했다. 노래는 길고, 모습은 추하고, 목소리는 나쁘다.

노래가 끝나자 손님과 무희의 댄스가 다시 시작되었다. 이번에는 일본 여자가 나와 춤을 췄다. 긴 후리소데를 펄럭이며 춤을 췄다. 소맷자락을 뒤집어 나부끼는 모습이 나쁘지 않다. 그러나 체격과 키가 작은 데다, 색도 검어서 다른 여러 러시아 사람들의 눈 같은 얼굴에 비해 재보다 더 뒤떨어지는 상태이다. 마치 같이 춤을 추고 있는 코카사스로 보이는 여자와 마찬가지이다.

조금 실망해서 댄스를 절반 정도 보고 호텔로 돌아왔다. 이미 창밖은 동이 터오고 있었다. 계단 밑에서는 여전히 춤을 추고 있을 것이다. 피아노의 흥성거리는 소리가 들려왔다.

있는 힘 모두 다해서 연주하는 피아노 소리 높이 울려
퍼지며 계속 들리는구나
限とて力込めても奏づらむピアノの音の高くひゞくも

긴 옷을 입고 춤을 추다 지쳐서 이제 마시는 새벽녘의
술 한 잔 맛이 있을 것이다
長き衣を踊り疲れて今し飲む暁の酒はうまかりぬべし

동쪽 같은 곳 날이 밝아 왔구나 들떠있던 이 서둘러서
집으로 돌아가려 하는데
東と思ふ方こそしらみたれうかれ人とく家にかへらな

집에 처자식 기다리는 생각에 돌아가려고 새벽녘의 귀갓
길 쓸쓸한 느낌이네

家に待つ妻子をおもひて帰るらむ暁の道はさびしかるべし

쑹화강(松花江)

벼랑에 가까운 조금 건조한 곳을 골라 단체사진을 찍고 있는
사람들이 있다. 일본인 단체이다. 지나인 남자, 뱃사람, 그리고
이들 아이들이 여럿 섞여 둘러싸고 있는 가운데에 머리를 들이
밀고 아는 사람이 없는지 살펴보는데, 누구나 모르는 얼굴뿐이
었다.

> 멀리에서 온 사람들 하나하나 매우 반가워 그리움을 더
> 하는 대 야마토 사람들
> 遠く来しこの一ことにいとゞしくなつかしまるゝ大やまと人

비가 계속되어 언덕이 넘칠 정도의 광경이다. 붉은색과 검은
색이 절반 정도 섞여 있어 굉장하다. 그것이 더욱 큰 파도가 되
어 도도히 흘러넘쳐 멀리 건너편 언덕까지 계속되었기 때문에
더욱 굉장했다.

건너편 언덕에는 흰색 기와나 큰 콘크리트 건물이 있다. 러시
아인이 기세 좋았던 시절에 지은 것 같다. 하늘은 여전히 검은빛

이다. 또 비가 오는 것 같다.

언덕에 정박해 있는 오륙십 남짓 되는 배들은 파도가 무서워 타는 사람이 없어서일 것이다. 가까이 다가가니 좋은 손님이라고 생각했는지 지나의 선장들 이삼십 명이 한꺼번에 몰려왔다. 그리고 입을 모아 이야기하고 또 이야기해 조금도 알아들을 수 없어 한층 소란스럽다. 안내하는 요코야마 군이 대답하기 곤란했는지 당혹한 듯한 표정이다.

드디어 그중 한 척을 골라 타니 배는 곧 큰 바다 위로 나아갔다. 생각한 만큼 흔들리지 않는 것은 선장의 숙련된 기술인가. 그러나 빛이 없는 검붉은 산이 무수히 전후좌우로 기복이 심해 기분이 좋지 않다.

> 혼탁한 파도 오백 겹 소용돌이 일어나는 강 위에 자신의
> 몸을 둘 줄은 몰랐구나
> 濁り波五百重騒立つ江の上に身を置かむとは思ひかけきや

오키(沖), 요코가와(橫川) 씨들이 파괴하려고 하다 실패했다고 하는 철교 아래를 빠져나와 앞으로 나아가니 파도가 한층 커졌다. 지금까지 건너편 언덕이라고 생각해온 것은 실은 강 가운데 있는 섬이었다. 강은 그 섬의 건너편에 넓게 계속되고 있다. "진짜 언덕은 어디쯤인가" 물으니 아직 그 건너편에 있는 것도 섬이고, 그 앞에 여전히 이 정도의 강물이 있는데 그 다음이 진짜 언덕

이라고 이케다(池田) 군이 말했다. 가운데 있는 섬의 수는 세 개나 된다고 한다. 지금은 그중 하나인 섬을 벗어나 두 개째의 섬을 향하는 것으로 보이니, 강폭이 급하게 늘어난 것을 알았다.

선장은 자꾸 뭔가를 말했다. 특히 나와 아내를 가리키며 말했다. "기우니 한쪽으로 몰려 타면 안 된다"고 말하는 것 같다. 말은 알아들을 수 없지만 배에 관한 일이라 대체적으로는 알아들었다. 과연 한가운데에 작아져서 무섭고 혼탁한 파도의 압박을 견디고 있다.

모르고서는 있을 수 없는 때를 만나고보니 모르는 말조
차도 알아듣게 되었네
知らずてはあられぬ時に逢ひくれば知らぬ言さへ聞き知ら
れつゝ

언덕에 큰 기선이 정박해 있는 것이 점차 보이기 시작했다. 상하이호, 홍콩호 등이 적혀 있는데, 내지에서는 바다가 아니면 볼 수 없는 크기를 가지고 있다. 그 건너편 언덕에 군함이 두 척이나 산 같은 거대한 몸체를 띄우고 있다. 물론 지나의 군함이지만 연기도 피어오르지 않고 사람도 보이지 않는다. 선원은 상륙한 모양이다. 거의 비어있는 배와 같다. 선장은 다시 주의를 줬다. 배에서 구경하느라 다시 한쪽으로 몰렸기 때문이다. 다시 정렬해 앉았다.

잇따라 이는 파도에 내몰리고 구름에 쫓겨 웅크리고 있
구나 멀리에서 온 아이
立ちしきる波と雲とに追られて縮まりて居り遠く来し子は

하늘이 더욱 흐려졌다. 많은 기선이 있는 쪽의 언덕 위는 특히
구름이 두껍다. 지금이라도 떨어질 것 같다. 휙 번개가 스쳤다.
강한 천둥이 칠 것이라고 기다리고 있는데, 단지 '쿵' 하고 소리
가 났을 뿐 아무 일도 일어나지 않았다. 또 번개가 쳤다. 이를 따
라 울리는 어떠한 소리도 없다. 천둥이 치지 않는 것은 자연스러
운 일이다. '만주에는 무서운 것이 하나도 없다'고 들었다. 실로
지진도 없다. 친부도 없다. 더욱이 게다가 이처럼 천둥도 치지
않는 것이다.

이름으로만 들은 헤이룽장성(黑龍江省)에 족적을 남긴 사람은 적다.
"내친 김에 들러봅시다."

요코야마 군이 말했다. 나아가는 배를 건너편 언덕으로 향하게
했다. 파도가 옆으로 일었기 때문에 배가 조금 강하게 흔들렸다.
이를 견디며 배가 나아갔다. 잠시 후에 억새와 잡초가 자란 모래
언덕이 가까웠다. 나무도 없고 집도 없다. 다만 예의 탁한 파도가
검은 진흙 언덕을 때리고 있다. 억새 사이로 배가 들어갔다.

헤치며 나간 뱃머리에 서보니 이는 파도에 일렁이는 억
새풀 소리도 쓸쓸하네

漕ぎ寄する舟のへさきに立つ波にゆれたつ蘆の音のさびしさ

올라가니 조금 밭이 있다. 처마가 낮은 작은 집과 같은 곳이 있다. 작은 문에서 개가 나와 소리 높여 짖고 있다. 거기에서 나이 든 사람, 젊은 사람, 남자, 여자, 아이들이 계속해서 나타났다. 노인이 우선 개를 야단쳤다. 개는 도망가면서 우리 뒤를 돌며 여전히 계속 짖고 있다. 다른 인종의 침입을 거의 처음으로 접한 개는 짖지 않을 수 없으리라.

노인이 밭 사이에서 버섯 하나를 따와 진귀한 듯이 보여줬다.

"이런 것이 여기에 있어."

그런 말을 하는 것 같다. 또 뭔가를 말한다. 일동은 남편과 어울려 뭔가 계속 이야기를 했다.

"뭐라고 합니까?"

"부인의 옷을 보고 '일본에서도 저런 지나 옷 같은 것이 유행하는 것일까' 하고 이야기하고 있는 것 같습니다."

요코야마 군이 대답했다. 아내가 다롄에서 조금 하이칼라 풍의 지나 옷을 주문해 이를 입고 있었던 것이다. 지나 옷인데 분위기가 지나 옷이 아니어서 의아해하는 것도 당연하다.

개가 여전히 짖으며 주변을 맴돌고 있다. 노인뿐만 아니라 그 외의 사람도 따라왔다.

말은 안 해도 마음과 마음 서로 통하는구나 이보다 더
즐거운 일이 또 있겠는가
　いはねども心と心あひかよふものゝ嬉しくもあるか

억새 사이에서 사진을 찍으니 모두 다가와 몹시 진귀한 듯이
보고 있다. 건너편 언덕의 하얼빈에서는 러시아인과 하이칼라
지나인이 북만주 제일의 환락경을 만들었다. 그런데 이쪽에서는
사진을 신기하게 볼 정도의 사람들이 가난하고 궁핍하게 살고
있다. 이 대조가 심한 것도 내지에서는 보지 못하는 풍경이다.

마음이 동한 밤이 없었겠는가 흥성거리는 건너편 언덕
위의 하늘의 환한 빛에
　心動く夜のなからずや花やげる向の岸の空のあかりに

사진을 다 찍고 다시 배에 올라탔다. 선장이 기다리다 지친 모
양인지 곧 출발시켰다. 노인, 남자, 여자, 아이, 개 모두 언덕에
줄지어 서서 멀어져 가는 우리를 보고 있다. 모르는 사람들이긴
하지만 여운이 아쉽지 않은 것은 아니다. 문득 나는 모자를 흔들
어 보였다. 그러자 노인도 남자도 여자도 아이도 모두 손을 올렸
다. 파도가 쳤다. 소리를 지르고 있다고 생각한 것은 환청일지도
모른다.

우연히 만나 결국 두 번 다시는 만나지 못할 사람이라
여기지 않고 헤어져 왔네
ふと逢ひて遂に再び逢ひえざる人とおもはで別れても来つ

배는 파도가 강해 빨리 내려갔다. 언덕은 금세 멀어졌다. 사람
도 개도 점차 작아졌다. 돌아가는 모양이다. 열이 흐트러졌다.

비가 드디어 떨어지기 시작했다.

안둥(安東)[1]

    펑톈에서 안둥을 향해 쑤자툰(蘇家屯)까지는 반은 잠들어 있었다. 산이 가까워져서 잠이 깼다. 정말로 만주에 이와 같은 산지가 있으리라고는 생각지도 못했다. 시허(細河)[2]라고 하는 곳을 달리고 있다. 그 여울이 되고 연못이 되고 호수가 되고 폭포가 된 곳이 마치 기소(木曽)[3] 주변을 통과하고 있는 듯이 생각되었다.

    갑자기 험준한 산이 몰려 왔다. 내려다보니 큰 바위가 강 가운데에 있다. 바위 위에 절이 있다. 진귀한 풍경이라 생각하고 있으니 금세 멀어졌다. 돌아보니 바위는 강의 거의 중심에 있다. 절은 물론 지나풍으로 형체가 좋다. 탑이라도 있으면 좋을 텐데, 장소가 너무 좁은 탓이리라.

    친척 집에서 사진 액자를 봤다.

    "이곳은 어디입니까?"

---

1) 안둥은 중국의 랴오닝(遼寧) 성에 있는 현재의 단둥(丹東)을 가리키는데, 1965년 이전에는 안둥이라고 불렸다.
2) 중국 랴오닝의 푸신(阜新)에 있는 구.
3) 일본의 나가노(長野) 현을 지나는 길.

"어디인지 모릅니다만 받았습니다. 잠에서 깨어나는 침상처럼도 보입니다만, 그보다도 큰 경치이고 절도 훌륭합니다."

"뭐라고 적혀있는 것 같군요. 이렇게 경치가 훌륭하니까요."

"야바케이(耶馬渓)[4]라고 하는 것은 아직 본 적은 없지만 이런 것일까요?"

이런 이야기를 나눈 적이 있는데, 지금 보니 바로 이것이다. '일본에 돌아가면 바로 가르쳐줘야지' 하고 생각했다.

시허가 산을 육박하고 있는 곳도 있다. 더욱이 외줄기 길이 따르고 있다. 이 길에 이어져 버드나무가 몇 그루나 무성하다. 저녁노을이 산에 막혀 여기는 비추지 않는다. 강에서 부는 바람에 버드나무 가지가 물결치고 있다. 그야말로 파란 연기가 움직이는 듯하다.

"완전히 문인화 같군요."

"심은 것이 아닐 거예요. 모두 산을 따라 나 있는 길에 그림자를 만들기 위해 심었을 리는 없을 거예요."

"자연히 자란 것이겠지만 아름답네요."

"이런 곳을 잘 사생하면 살아있는 남화가 완성되겠네요. 언제나 늘 똑같은 경치로는 점차 자연에서 멀어지고 말 거예요."

"산수가 진부하면 하는 수 없지 않습니까."

험준한 바위산인 펑황산(鳳凰山)이 보였다. 그 반대쪽에 검을 세

---

4) 일본의 오이타(大分) 현에 있는 계곡.

운 듯한 산이 보이기 시작했다.

"우룽산(五龍山)일 거예요."

"용이 다섯 마리 있는 모양이라고 할까요."

예의 어림짐작을 시작했다. 차 안이 휑한 느낌으로, 누구도 듣는 사람이 없다.

마침내 안둥에 도착했다. 나이토(內藤) 씨의 얼굴이 보였다. "돌아갈 때는 반드시" 하는 약속이 있어 내렸다. "덕분에 매우 편했습니다. 하얼빈에서 요코야마 씨가 없었다면 상당히 힘들었을 거예요."

"정말로 잘 안내를 받았습니다. 감사하다고 인사말씀 잘 드려주세요."

아내도 말했다. 압록강 채목공사(採木公司)라고 하는 것이 여기에 있다. 나이토 씨의 남편이 그 중역으로, 부인이 나 그리고 아내와 알고 지내고 있다. "하얼빈에 가려고 합니다"고 말하자,

"그럼 요코야마 씨를 소개하겠습니다. 공사에 다니고 있는 분입니다."고 말해주었다.

"압록강과 하얼빈은 관계가 있는 겁니까?"

너무 떨어져 있으니 조금 의아하다.

"이름은 압록강입니다만 교섭은 밀접합니다. 즉 지점 같은 곳입니다."

"규모가 광범위하군요."

이러한 방면에 지식이 없는 나는 매우 감탄했다. 하얼빈에 도착해 보니 요코야마 군은 목재의 벌목과 다른 일에 힘을 쏟고 있었다.

"산에 가 있으면 마적이 옵니다."

"약탈하러 오는 겁니까?"

"그렇지 않습니다. 헤이룽장(黑龍江) 영웅군이라는 큰 명함을 가지고 오는 경우도 있습니다."

"영웅군은 굉장하군요. 헤이룽장이라는 이름도 잘 어울리네요."

이런 이야기를 나누었다. 여러 모험담을 들었다. 그 목재는 이곳과 관계가 있었다.

"내일은 압록강을 안내하겠습니다."

"시간을 맞추면 대 철교가 열린다는 거죠?"

"그 시간까지 하류로 내려가 봅시다. 매우 넓습니다."

드디어 국경까지 돌아왔다. 걷고 있는 동안은 어디까지나 가보고 싶은 기분이지만, 돌아갈 생각을 하면 빨리 돌아가고 싶은 마음이 된다. 묘한 일이다. 그리고 조금씩 안심하는 정도가 커져갔다. 오랜만에 집에 돌아온 듯한 기분으로 누워 넋을 놓고 있다.

주르르 뚝뚝 처마 끝에 울리는 소리는 다른 나라에 와서
듣는 마지막 빗소리네
はらはらと軒端にひゞく物音は異国に聞く果の雨かも

이게 아닐지도 모른다.

등불을 끄니 어둠 속에서 도쿄 집의 울타리 보이고 대문
또한 눈에 보이는구나
灯を消せばま闇の中に東京の家の垣見え門あらはれぬ

압록강을 오르내리며

안동신사, 임제사(臨濟寺) 등을 안내 받아 진강산(鎭江山)에서 부감한 압록강 언덕 가까이 온 것은 정오였다.

"압록강 가락을 잘 부르는 것을 들어본 적 있습니까?"

나이토 씨가 이런 말을 하며 요릿집으로 안내해 주었다. 식사를 하면서 그런 이야기나 뱃놀이 등을 내지의 게이샤에게 부르게 해서 들었다.

"창바이산(長白山)1) 뜬 구름 같은 세상을 모르고 자란 나… 흘러흘러서 안둥으로"

"좋은 노래군요. 지금까지 들은 것과는 전혀 다르네요."

"아무튼 본고장이고 이 사람은 그중에서도 특히 노래를 잘합니다."

식사가 끝나고 언덕으로 나왔다. 채목공사의 기선이 와서 기다리고 있었다.

"비가 내려 물이 불었으니까요. 위험할 정도는 아닙니다만."

---

1) 백두산은 조선민주주의인민공화국과 중화인민공화국의 경계에 있어, 중국어로는 '창바이산'이라고 부르는데 원문에 '창바이산'으로 표기되어 있다.

뱃사람이 말했다. 과연 물이 불어 있었다. 탁한 물이 그야말로 언덕까지 올라왔다. 긴 나무판을 배에서 물이 없는 곳까지 걸치고 올라탔다.

신의 세상에 신의 물을 가지고 만들어주신 나라 갈라진
틈이 실로 위대하구나
神の世に神の水もてつくらしゝ国の裂け目の大いなるかな

기선은 곧 움직이기 시작해 하류로 향했다. 이쪽이 안동에서 이어진 동네이고 저쪽이 신의주인데 강이 넓어 잘은 보이지 않는다.

물은 굉장히 탁하고 큰 파도가 일었다. 내지에서는 대홍수이다. 배가 나아가는 것이 빠르다.

한 없이 배의 뒤쪽에 소용돌이 이는 것마다 마음 빨아들이는 것 같이 느껴지네
かぎりなく舟のしりへに捲く渦のおのおのに心吸はるゝごとし

배가 쑥쑥 내려갔다. 강은 더욱 넓어졌다.

언덕에 작은 집 한 채가 보인다.

"저쪽의 작은 집에서 집안사람들 모두 참혹하게 살해되었습니다만, 최근에 간신히 범인이 잡혔어요."

"왜 그런 겁니까?"

"고용한 지나인이 죽였다고 합니다."

"잠깐 고용한 겁니까?"

"아니오, 오랜 시간 고용했다고 합니다. 사람에 따라 다르긴 합니다만, 신용할 수 없는 신분의 사람에게 살해당하다니 곤란한 일이군요."

제지회사의 큰 굴뚝도 뒤로 물러나고 기이한 형태의 바위산도 뒤에 서 있다.

오른쪽 억새가 나 있는 들판을 따라 배가 내려갔다.

"이쪽이 쑥쑥 먹혀들어가고 있어요. 작년에 한 칸(間) 정도나 뒤에 세운 말뚝이 보세요, 이제는 언덕이 되어 있잖아요."

"그 대신 건너편 언덕의 신의주 쪽은 커지겠죠."

"꼭 그렇지만도 않습니다. 장소에 따라 저쪽에서도 없어지는 토지가 있습니다."

"강이 활발히 활동하는군요. 자유롭게 놔두면 어떻게 될지 모릅니다."

팽팽한 강물 움직이는 그대로 맡겨놓았네 역시 하늘과 땅
은 늙을 것 같지 않네
　張りきたる力のまゝに動きつゝ猶天地は老いせざるらし

강물이 조금 완만해지자 폭이 더욱 넓어져 건너편의 산이 희

미하게 되었다. 드넓게 흐르는 물은 완전히 바다와 같은 기분을
보여주고 있다.

강의 흐름이 한 번 꺾였다. 건너편의 절벽이 돌출해 있기 때문
일 것이다. 마을이 보인다. 서양풍의 건축이 위에 보였다. 배는
점차 그에 가까워졌다. 절벽의 바위 갈라진 틈이 붉게 눈에 띄었
다. 물은 그 아랫부분에 부딪치며 큰 파도를 일으키고 있다.

"용암포(龍岩浦)는 좀 더 가야합니까?"

"아직입니다. 여기부터 상당히 거리가 됩니다."

전쟁 전에는 러시아가 손을 뻗쳤던 곳이다. 이 큰 세력을 펑톈
의 북쪽까지 밀어 수축시킨 일본 군대는 훌륭하다.

절벽 아래까지 배가 갔다. 아이들이 서너 명 놀고 있었다.

    절벽 아래의 소용돌이 속으로 파도 거칠고 위험하니 아
  이야 가까이 가지마라
    崖下の渦にうち入る波荒し危し子ども近う下るな

배는 되돌아 점차 상류를 향했다. 탁한 파도가 뱃머리에 이는
듯해 제법 무섭다. 그러나 철교에 가까이 갔다.

"저것이 이제 열릴 시간이니 보고 계시죠."

이렇게 말하며 배를 멈추려 하자,

"도저히 멈춰지지 않습니다. 멈춰도 다시 흘러갑니다."

뱃사람이 말했다.

"그럼 슬슬 올려 주세요."

나이토(内藤) 씨가 말했다.

철교는 놀랄 만큼 길다.

"저것을 걸어서 통과하려면 힘들겠네요."

"왕복하면 더 힘들겠죠."

"일단 중간까지 가면 절대로 돌아와서는 안 된다고 합니다."

"즉, 건널 거면 완전히 건너라는 의미입니까?"

"그렇습니다. 도덕적으로도 그래야 하고요."

"철길을 걷는 것과 사람이 길을 걷는 것을 같게 하라고 가르치잖아요."

이런 이야기를 하며 웃었다. 다리가 도중에서 조금씩 열리기 시작했다. 배가 그 아래를 빠져나왔다. 뒤돌아 올려다봤다.

"노래에 '십자로2) 열리면'이라는 말이 있습니다만, 저것을 10시라는 의미로 생각하는 사람도 있습니다. 사실은 열십자 모양을 의미합니다. 보세요. 정말로 십자가 될 테니까요."

정말로 문이 완전히 열리자, 열십자 모양이 나왔다.

배가 조금씩 오르기 시작했다.

"평소에는 다리가 열리면 곧 많은 배가 오르내렸습니다만, 오늘은 물이 불어나 이렇게 적은 겁니다."

그래도 통과하는 배가 대여섯 척 정도는 아니다.

---

2) '십자로(十字に)'와 '열시에(十時に)'는 일본어로는 똑같이 '주지니'로 발음하기 때문에 생긴 오해를 이야기하고 있다.

우리가 탄 배도 드디어 올라갔다. 안둥의 지나정(支那町)이 왼쪽으로 보인다. 신의주에서 이어진 마을이 오른쪽으로 보인다.

"저쪽에 둘러싸여 있는 집이 경비하는 사람이 기거하는 곳입니까?"

"상당히 잘 만들어져 있군요."

"국경을 잘 지키려고 하는 거겠죠."

"국경경비 노래를 곳곳에서 들을 수 있어요."

뗏목 무리가 눈앞에 나타났다. 배가 통과하는 신의주 쪽을 제외하고 안둥 쪽 언덕에서 중류 지날 때까지 큰 뗏목이 빈틈없이 줄지어 있다.

"보기 드문 풍경이니 내려서 봅시다."

뗏목은 큰 각목으로 만들어져 있다. 연결이 잘 되어 있어 다리를 올려도 미동도 하지 않는다. 그러나 각목과 각목 사이에서 탁한 파도가 무성히 끓어올랐다.

뗏목을 젓는 사람들이 몰려 왔다. 그중에는 여자도 있고, 아이도 있다. 보기 드문 풍경인데, 호의를 가지고 있어 보인다. 각목 위를 밟으면서 나아가자 중앙에 지붕을 얹은 건물이 있다. 들어가 보니 중앙을 통로로 해서 좌우로 여덟 개나 침상이 놓여 있다.

"이것이 즉 총지배격인 뗏목입니까?"

"밥 짓는 곳이 이를 보여주고 있는 겁니까?"

솥 안에는 황색 밥이 있다. 밤이다. 조금 떠서 먹어보았다. 먹어보니 좀 괜찮은 맛이 난다.

"이 나무가 창바이산에서 온 것이군요. 노래에 나오는 대로 뜬 구름과 같이 세상이 헛됨을 몰랐겠지만, 이제부터 세상에 나아가 크게 활동하겠군요."

"산에만 있으면 그저 의미 없이 썩어 없어지겠죠. 베어낸 것이 다행입니다."

나무도 행복해할 것이다. 장시간 걸려 상류에서 여기까지 와서 볼일이 끝나는 대로 집에 돌아가려는 사람도 행복할 것이다.

다 내려 왔네 오늘이 되고 보니 사람들 모두 뗏목 위에서 방긋 미소 짓고 서있네
下し終へし今日にしあれや人らみな筏の上に笑まひつゝ立つ

돌아보니 철교는 벌써 문이 닫혀 있다.

바칸(馬関)[1]까지

동래(東萊)온천의 하룻밤은 폭우 속에 날이 밝았다. 비에 쫓겨 만주에서 조선의 끝까지 와서, 여기에서 가장 격렬한 것을 만난 셈이다.

"비가 굉장히 내리는군요. 부산에서 여기로 오는 사이에 어떻게 되는 줄 알았습니다."

"마치 폭포 속을 통과한 것 같았어요."

"이런 가운데를 잘도 달려왔네요. 길도 강도 하나였으니까요. 운전수도 솜씨가 좋은 것 같습니다."

간단히 목욕을 마치고 내다보니, 하늘은 구름 한 조각 없이 맑게 개어 있다. 이제야 비로부터 해방된 것이다. 좀 더 빨리 이렇게 되었으면 경성에서 조금 더 볼 곳이 있었을 텐데, 아쉬운 기분이 든다.

그러나 보려고 한 곳의 많은 부분은 본 셈이다. 원산도 그중 하나이다. 그곳의 송도원(松濤園)은 무희가 춤을 추는 곳이기도 했다.

---

1) 일본 시모노세키(下關)의 구칭.

파도에 부는 시원한 바람 쐬며 밤사이 기대 지칠 줄을
모르네 소나무 그늘 탁자
　波に吹く風を涼しみ夕かけて凭るに堪へざる松蔭の卓

인천의 동네 뒷산 위의 전망도 독특하다. 조수 간만의 차이가
심해 넓은 개펄은 언제까지나 말라 있다.

뜨겁게 내리 비추는 간조(干潮)기에 물 빠진 곳에 늘어
서 있는 섬은 벌써 석양이 지고
　照りあつき汐干うらのをちかたにならべる島ははや夕日なり

낙랑의 고분도 평양에서 안내를 받아 가보았다. 다만 시간이
적었던 것과 더위가 강해서 대강 둘러본 것이 유감스러웠다.
　고분의 문은 견고했다. 가루베(輕部) 군이 힘을 실어 열었기 때
문에 곧 들어갈 수 있었는데, 안은 물이다.

고분의 어둠 내가 밟고서 몇 천 년을 쌓아온 물에 젖고
있는지 나도 모르겠구나
　古墳の闇をわが履み幾千年積れる水に濡れにけるかも

평양의 밤도 재미있었다. 장구 소리가 어디선가 달빛에 울려
퍼졌다. 모란대 아래에서 대동문까지 배를 타고 내려갔다.

배 가까운 곳 잔물결 이는 위에 달빛 그림자 검게 드리
웠구나 언덕 위의 하늘에

舟近き小波の上に影おとし月はかぐろき丘のみ空に

신의주 총군정(銃軍亭)의 광활한 경치는 잊을 수 없다. 아래로 흐르고 있는 압록강은 강 가운데 섬이 곳곳에 있어 여기서는 좁게 보인다. 그러나 조선의 산, 만주의 산과 전망이 매우 장관이었다.

높은 곳에서 내려다보는 나를 올려다보며 이야기를 나누던 작은 배의 뱃사공
高処より見おろすわれを見上げつゝ語らひ下す小さき筏師

다롄의 호시가우라(星が浦)는 아름다웠다. 이렇게 아름다운 곳을 잘도 만들었다는 생각이 들었다.

끝없는 잔디 푸른색에 이어져 저녁 무렵의 조수가 약간 흐린 빛을 띠고 있구나
果もなき芝生の青にうちつゞく夕べの潮の薄ぐもりかな

창춘의 공원도 독특했다. 겨울은 스키장이 되는 연못도 진귀했다. 버드나무가 많았다.

어렴풋하게 흐린 아침 연못에 버들 무겁게 그림자 드리웠네 비오지 않는 날도
ほの曇るあしたの池に影おとし柳は重し雨ならぬ日も

한 바퀴 돌고 부산으로 돌아갔다. 40일 전에 마중 나온 사람들이 또 부두까지 배웅해 주었다. 경찰부장에게,

"바다는 어떻습니까? 지금 거칠게 보입니다만."

이렇게 묻자 다음과 같이 대답했다.

"괜찮습니다. 지금 막 도착한 사람이 '지극히 온화했다'고 말했으니까요."

안심하고 헤어져 배에 올랐다.

금세 사람들의 얼굴이 작아졌다. 눈물이 떨어질 정도의 느낌이 절실히 차올랐다.

> 대충 소홀히 헤어져 와버렸네 내일도 다시 만나려면 만날 수 있는 사람들처럼
> なほざりに別れ来にけり明日もまた逢はゞ逢ひえむ人の如くに

언제부터인가 아무것도 보이지 않았다.

바다 위에 어둠이 깊다. 방을 나와 간단히 목욕을 했다. 기분이 좋아져 몸을 침대 위에 눕혔다.

교타이 군은 별도의 침대에 있다. 갈 때와는 다르게 이번에는 좀처럼 잠을 잘 수 없었다. 약을 꺼내 마셔봤다. 역시 마찬가지이다. 아내도 마찬가지인 것 같다. 전전반측하고 있는 듯하다. 눈을 감고 지나간 일들을 생각해봤다.

본 것도 정말로 많았다. 느낀 것도 적지 않다. 그러나 나는 처음 생각한 대로 새로운 자신, 잘 놀라는 자신이 된 것일까. 교타이 군은 어떨까.

스스로 바뀐 느낌도 들지 않고 지나간 날도 돌아가는 지금도 하나임을 알았네
身を変へしこゝちもせねば行きし日も帰らふ今も一つなるかな

어느새 잠이 들었다가 깨어났다. 배는 미동도 하지 않는다.
"너무 조용하지 않습니까?"
아내가 말했다.
"멈춰있는 걸까요?"
침대에서 내려 물었다. 파도소리는 역시 폭풍우처럼 들린다. 배는 분명 나아가고 있다. 그러나 놀랄 만한 평온함이 깃들어 있다. 우리는 축복을 받은 것이다.
창문으로 내다보니 그저 한 점의 불빛이 빛나고 있다.

같이 가는 배 부르려 해도 그만 이 넓은 바다 한밤중에 어둠을 깊게 드리웠구나
友船を呼ばふともしか大海のこの真夜中の闇の深きに

어느새 동쪽이 밝아오고 바칸이 가까워졌다.

후기

　'입에서 나오는 대로 읊은 여행길의 노래는 재미있는 법이다. 그 사람의 진심이 거기에 나타나 있으니까.' 이런 말을 배우고 나서 여행이라는 것은 주의해서 봐야 할 것, 또 노래해야 할 것으로 생각하며 제법 세월이 흘렀다.

　만선(滿鮮)의 여행 약 40일 간은 짧지 않았다. 따라서 길을 가는 도중에 읊은 노래도 적지 않다. 이들을 취사선택한 것이 마침내 이 책이 되었다. 그러나 이들 노래 속에 내 자신의 진심이 나와 있다고는 생각되지 않는다. 또한 생각하고 싶지도 않다. 이는 나 자신에게는 아직 그와 다른 곳이 많다고 생각하기 때문이다. 그러나 내 자신의 한 조각은 분명 나타나 있다. 이를 생각하면 문득 무서운 생각이 든다.

　여행 중에 폐를 끼친 분들이 많다. 그 이름을 여기에 모두 열거해야 마땅하지만 너무 많기에, 마음에 깊이 감사하며 다시 여기에 감사 인사를 올린다.

일본이 노래한 식민지 풍경

여행하며 노래하며

초판 1쇄 인쇄 2016년 3월 15일
초판 1쇄 발행 2016년 3월 25일

저자 오노에 사이슈
역자 김계자

펴낸이 이대현
편 집 이소정 권분옥 오정대
디자인 이홍주 안혜진 | 마케팅 박태훈 안현진
펴낸곳 도서출판 역락 | 등록 303-2002-000014호(등록일 1999년 4월 19일)
주소 서울시 서초구 동광로46길 6-6(반포4동 577-25) 문창빌딩 2층(우137-807)
전화 02-3409-2058(영업부), 2060(편집부) | 팩시밀리 02-3409-2059
이메일 youkrack@hanmail.net
역락블로그 http://blog.naver.com/youkrack3888

ISBN 979-11-5686-310-6   03830
정 가 17,000원

이 도서의 국립중앙도서관 출판예정도서목록(CIP)은 서지정보유통지원시스템 홈페이지(http://seoji.nl.go.kr)와
국가자료공동목록시스템(http://www.nl.go.kr/kolisnet)에서 이용하실 수 있습니다.(CIP제어번호:CIP2016007014)

助成　日本万国博覧会記念基金
Supported by the Japan World Exposition 1970 Commemorative Fund.
公益財団法人　関西・大阪21世紀協会

본서는 정부(교육과학기술부)의 재원으로 한국연구재단
의 지원을 받아 수행된 연구(NRF-2007-362-A00019)임.